KB020063

아름다운

개조심

아름다운 개조심

1판 1쇄 발행 2021년 12월 24일

지은이 류창희
발행인 이선우
펴낸곳 도서출판 선우미디어
등록 | 1997. 8. 7 제305-2014-000020
02643 서울시 동대문구 장한로 12길 40, 101동 203호
☎ 2272-3351, 3352 팩스: 2272-5540
sunwoome@hanmail.net
Printed in Korea © 2021. 류창희

값 13,000원

※ 이 책은 부산문화재단 부산문화재단으로부터 제작비 일부를 지원 받았습니다.
※ 잘못된 책은 바꿔 드립니다.
※ 저자와 협의하여 인지는 생략합니다.

ISBN 978-89-5658-686-1 03810

아름다운 개조심

류창희 지음

선우미디어
sunwoomedia

아름다온

'코비드 19'로 손발과 마음마저 묶였다.

할 수 없는 일들 앞에

"내 마음에 주단을 깔고~, 그대 길목에 서서~♬"

장마 중에도 '여우가 시집가고 호랑이가 장가간다'더니

씨실 날실로 잠깐 나타났다가 소멸하는 '무지개 주단'을 짰다.

거꾸로 캠퍼스로 타박타박 걸었다.

쏟아지는 빗속에 분실 초등학교에서 여덟 살 꼬맹이를 만났다.

첨벙첨벙 개울에서 돌멩이 하나 들췄을 뿐인데…,

연필 한 자루, 공책 한 권, 별똥별, 네 잎 클로버…

혼자 왼손 오른손으로 놀던 차돌멩이 공깃돌까지 찾았다.

제아무리 팬데믹이,
목소리 큰 폭력의 세계가 우리를 짓밟으려 해도,
인간의 의지와 긍정의 유머는 잠재울 수 없다.
인생은 역시 아름답다.

2021 노을이 아름다운 날
류창희 鞠躬

| 차례 |

제2부 아름다온

제3부 운명은 동사다

제4부 책 읽는 침대

제 1 부

아아~ 양양~

아아~ 양양~

- 峩峩~ 洋洋~

Y 문학 편집장에게서 문자를 받았다. '누굴 의식하지 않고 꼭 해보고 싶은 것 중, 하나를 댄다면 무엇인지 허심탄회하게 답해주시면 감사하겠습니다. 잡지에 싣지 않을 테니 염려치 마시고요.' 그까짓 게 뭐라고 하루를 묵혔다.

허심탄회한 나의 답글 : 아무리 고심해 봐도 처음 생각이랑 같아요.

그 아이는 "뷰티플, 뷰티플~ 브라운 아이♬" 강바람을 모아 모아서 휘파람을 불었거든요. 그 갈색 눈동자 소녀가 나인 줄 알았었는데…, 키가 컸던 그 소년은 지금 어떤 눈 빛깔의 소녀와 살고 있을까요? 파란 눈, 까만 눈…, 아무래도 상관없고요. 그 아이와 그 길을 걷고 싶어요.

훌륭하군요! 산이 높이 솟아있어 마치 태산과 같고, 아름답군요! 마치 큰 바다와 같이 강물이 도도하게 흐르는 것 같군요.*

아~, 또!

이 무슨 변고인가요. 산이 무너지고 봇물이 터지려나 봐요. 거문고 줄 끊어진 지 이미 오래인데…. 문득문득, 바람결에 들리는 듯 귓가에 맴돌아요.

춘추전국시대 글 쓰는 종자기가 죽자 거문고의 명인 백아는 거문고 줄을 끊어 버리고, 세상에 자기를 알아주는 사람이 없음을 슬퍼하였다고 합니다.

어디선가 내 삶의 연주를 지켜보는 벗님이시여! 빛바랜 내 마음의 수채화가 왜 이토록 선명하게 보일까요. 아마도, 자연으로 돌아갈 춘추의 시간이 다가오는가 봅니다.

아까시 가시에 찔린 듯, 아리아리 쓰리쓰리~ 아라리가 동동 나는군요.

아아~, 양양~. 꿈결처럼 아련하게 아슴아슴 아파지니이다.

* 善哉! 峩峩兮若泰山, 善哉! 洋洋兮若江河. —伯牙絕絃

사인sign

유명한 세프가 식사를 하고 나오는데 사인을 부탁한다. 요즘 누가 촌스럽게 사인을 하느냐며 "인증 사진을 찍자"라고 한다. 아니, 그게 아니고 "음식값 카드결제 사인을 해 달라" 이쯤 되면 연예인 병 중증이다.

책을 내고부터 사인에 신경을 쓴다. 어느 분이, 절판된 내 책을 꼭 사고 싶다고 하기에, 인터넷 중고서점에서 구한다는 말을 넌지시 흘렸더니 잘도 구해온다. 문제는 사인한 페이지를 오려내지도 않고 내놓은 책이다. 하기야 내 탓이다. 가족의 생계나 풍류의 술값을 위하여 엄동설한에 '한서 이불과 논어 병풍'을 판 것은 아닐 터, 그만큼 소장할 가치가 없다는 뜻이다.

어느 날 문득, 요양원 침대 하나가 떠올랐다. 내 서가에 꽂혀있는 고귀한 혼魂이 담긴 책들과, 다 발라먹고 뼈만 남은 내 몸뚱어리〔魄〕를, 어느 시절 어느 시황제가 나타나 분서갱유焚書坑儒를 해줄 것인가. 그날 이후, 책을 읽고는 저자 사인 친필만 감쪽같이 떼어낸다. 사람은 가도 책은 순환할 터, 나에게 '수결手決'해준 작가에게 최소한의 예의는 갖추고 싶다.

십여 년 전, 강원도 영월역에서 내렸다. 역사 근처에 늦은 점심을 먹으러 식당에 들어가니 한적하다. 음식을 기다리는 동안, 미안한 마음에 여자 주인장과 몇 마디 주고받다가, 괜히 신이 나 청정지역에서 잡은 다슬기 '예찬'을 늘어놓았다. 주방에서 나온 그녀의 남편과 서빙을 하던 부인이 서로 흥미진진한 눈길을 주고받더니, 느닷없이 A4용지 한 장과 사인펜을 내밀며 사인을 해 달란다. 손사래를 치며 나는 그럴만한 사람이 아니라고 극구 사양해도, 자기네는 "척 보면 안다."라며 눈빛이 애절하다. 내 남편이 옆에서 보고 있으니, 더 민망하다. 그러고 보니 너른 홀 안의 벽이 휑하다.

이 소도시에 나 같은 사람이 사인 한번 했다고 누가 알랴. 못 이기는 척 허세를 담아 '일필휘지一筆揮之' 휘날렸다. 몇 년 후, 수업시간에 어느 분이 핸드폰을 열어 보여준다. 내가 휘호한 졸필 밑에 그분 친구들이 V자를 긋고 서 있다. 사인 때려 가야지, 가야지 하면서 또 해가 저문다.

보리

화폭 가득 초록으로 청보리가 일렁인다. 바람결에 그리움을 찾는다.

"보리밭 사잇길로 걸어가면 뉘 부르는 소리 있어 발을 멈춘다. 돌아보면 아무도 보이지 않고 …." 휘파람 소리만 들린다는 노래를 불렀다. 노랫말은 흔한 '님타령'인데, 신명 나는 놀이판에서 한 곡조 뽑으면 분위기 깨기에 십상이다.

가끔 근사한 로비에서 보리 이삭의 꽃꽂이를 본다. 하얀 백합이나 보랏빛 아이리스를 에워싸고 들러리 역할을 하고 있다. "나락을 꺾다니 천벌을 받지" 말은 어른 흉내를 내본다. 나락을 꽃으로 여기는 정서는 보릿고개를 겪지 않은 세대일 것이다. 나만 해도 배고픈 기억보다는 보리밭 고랑에서 나물 캐던 동무들이 보인다.

보리와 여름은 궁합이 잘 맞는다고 한다. 허기진 여름날,

꽁보리밥에 열무김치와 쓱쓱 비벼 먹으면 일품이라고들 한다. 그런데 나는 그 맛을 모른다. 입안에서 미끈거리며 겉도는 보리 밥알이 살아있는 생물 같아 툭툭 깨물지 못하니, 보리밥의 운치를 모른다.

보리차는 좋아한다. 혹독한 추위를 참고 이겨낸 보리알갱이로 끓인 보리차가 여름날 목구멍을 타고 내려가 발끝까지 시리게 한다. 일하느라 흘린 땀을 씻어 내리는 일등공신이다. 그러나 보리는 애석하게도 일등 곡식이 아닌 까닭에 수난 또한 고달프다. 익을수록 고개를 숙인다는 벼 이삭의 겸손과 비교하여, 익어도 고개를 꼿꼿이 세운다며 교만으로 천대받기 일쑤다.

격식 없이 되는 대로 아무렇게나 하는 행동을 빗대어 보리바둑, 보리윷, 보리 장기를 둔다고 하고, 신이나 둠칫둠칫 뻣뻣하게 춤사위를 벌이면 보릿대 춤이라 하며, 흠씬 매를 두들겨 맞는 억울함도 보리타작이라 한다. 좋지 않다는 말을 할 때 '보리 떡을 떡이라 하랴'라며 낮춰본다. 맛보다는 굶주린 배를 채우는 수단으로 여긴다. 백설기, 매화 송편, 삼색 경단, 절편처럼 맛깔스러운 이름을 얻지 못하고 염원까지 짓눌러 '평생소원이 보리 개떡'이라 한다.

숭고한 생리 현상까지 '보리방귀'로 놀림 받는다. 타박이 민망하여 슬쩍 뒤로 숨어들어 숨죽이면 '꾸어다 놓은 보릿자루'라고 더 주눅 들게 하더니, 오랜만에 만난 친구의 손을 덥석 잡으며, 반갑다는 말 대신 '보리 문둥(文童)이' (욕같이 들리지만, 산이 많은 경상도 지역에서 쌀밥이 귀해 보리밥을 먹고 서당에 글공부하러 다니는 아이를 말함)는 또 무언가.

조금만 서두르면 '보리밭에서 숭늉 찾는다'라고 나무라고, 오죽하면 남자들이 '겉보리 서 말만 있으면 처가살이하랴.'라는 말까지 할까. 그 와중에도 사위들이 자존심 지키려고 예를 차리면 '보리누름까지 세배한다.'라고 비웃음거리가 되니 보리의 수난은 끝이 없다.

어떠한 역경 속에서도 '보리 안 패는 3월이 없고, 나락 안 패는 6월이 없다'는데, 긴 세월 속에서 우리 민족의 가난했던 시절을 '보릿고개(麥嶺)'라는 험준한 산맥을 넘었다. 보리의 공적은 "아~아 대한민국" "아~아 나의 조국" 노랫말처럼 밟을수록 튼튼하게 뿌리 내리고 자랄수록 대찬 보리 근성이 되었다.

시제(時祭)를 지내는 산소 앞에 팥알 크기의 흰점 붉은 열매가 반갑다. "어머, 보리수!"라고 외쳤다. 곁에 서 있던 손아랫

동서가 밭에 있는 보리쌀의 보리가 보리수인 줄 알았다며 신기해한다. 인도의 '보리자나무' 밑에서 득도를 한 부처님을 생각하며 불교도들은 삶의 지혜로 보리심菩提心을 싹 틔운다.

허리띠를 졸라매며 보리 혼식으로 선진조국이 되었다. 이젠 당당하게 고개를 치켜들고 포상을 받을 만도 한데, 보리는 예나 지금이나 말도 많고 탈도 많다. 그윽하게 부르던 보리밭의 가곡을 잊고 살던 요즈음, 생활 깊숙한 곳으로부터 보리밭이 들어서고 있다. 어려웠던 보릿고개를 넘으니, 넌지시 다가오는 '수보리須菩提'의 교훈이런가.

어느 소설가는 은밀한 공간으로 밀밭이나 물레방앗간을 즐겨 쓰다 애압愛壓의 조절판 구실을 하는 러브호텔을 '보리밭'으로 명명했다. 전국에 물 좋고 산 좋은 곳에, 휘황찬란한 빛으로 호객행위를 하는 그림 좋은 집들이다. '보리 밥알로 잉어를 낚는다'라는 신종 보리밭이다. 노을도 없는 저녁에 뜬금없이 웬 휘파람 소리인가. 왜 하필 보리밭인가? 쌀을 주식으로 하는 민족은 논으로 들어가야 하는 것이 아닌가. 논은 어째서 그리움의 대상이 되지 못하고, 순위에서 밀려난 대체 곡식인 보리밭만 그리워할까.

보리밭 이랑은 무엇이든 잘 자라게 하는 너그러움이 있다.

냉이 씀바귀 꽃따지에 고랑을 내준다. 허리가 휘어지도록 날이 저물도록 일하던 어머니들의 삶이 보리밭에 있다. 그 시절의 어머니들처럼, 아침마다 일어나 마음 밭의 잡초를 뽑아낸다면 번쩍이는 네온사인 빛이 사라질까.

보리밭에 가느다란 꽃대에 맥없이 피어나던 꽃은 어디 있을까? 그 소녀는 지금도 보리밭 고랑에서 엉성한 냉이꽃처럼 끈질기게 뿌리내리고 있을까.

끈을 묶다

꿇어앉아 운동화 끈을 묶어준다. 그녀는 예쁘지도 않으면서 꾸밀 줄도 모른다. 그저 그런 무채색 그림자 같은 여학생이다. 더구나 피골이 상접이다. 볼품없는 딸을 "넌 여자도 아니"라며 못마땅해 하는 엄마는 눈매도 몸매도 가느다란 동양적인 미인이시다. 그런 엄마를 아버지는 평생 독수공방시켰다. 지극정성으로 딸의 운동화 끈을 묶어주는 남학생을 엄마는 사위로 맞았다.

그때 그 청년은 아직도 그녀를 위해 무엇이든 해주고 싶어 한다. 원하면 하늘에서 별사탕도 달고나도 따다 줄 것이라 굳게 믿는다. 아주 소싯적부터 좋아하던 송창식의 '비의 나그네'처럼 '님의 발자국' 소리를 듣고 싶다고 해도, 자다 말고 벌떡 일어나 베란다 창문을 열러 나간다. 태풍으로 덜컹거리는 창문을 붙들고 서서 빗소리만 방으로 들여놓는다.

그는 가끔 '영혼까지 자유롭게 해 주고 싶다'라고 말한다. 그 말이 나를 더욱 꼼짝달싹 못 하게 옭아맨다. 정작 그는 끈을 푸는 데는 소질이 없다. 맨몸으로 아내를 안아주고 싶어도 아직 뒷 고름을 풀 줄 모른다. 이즈음 들어 호시탐탐 홀가분을 꿈꾼다. 우리라는 우리에서 벗어나고 싶다. 시선을 분산시키려고 일부러 엉뚱한 곳으로 연기를 피워보기도 한다. 묶인 매듭이 답답하다.

어느 날 집을 나서는데, 아들 녀석이 엘리베이터 앞까지 쫓아 나왔다. 어미의 등 뒤에서 풀린 버버리 끈을 정리하여 리본 모양으로 묶어 준다.

'아~ 이놈에게도 드디어 여자 친구가 생겼구나!'

패션의 역사

동백섬 오륙도 해운대 바다가 한눈에 다 보이는 통유리창 카페에서다. 친구는 눈이 바비인형처럼 초롱초롱 예쁘다. 그에 비해 나는 눈이 크기는 해도 눈꼬리가 처지고 그렁그렁한 눈매가 금방이라도 눈물이 흐를 것만 같은 측은한 눈이다. 큰 눈들은 눈꺼풀이 얇아 시야를 가린다며, 눈꼬리를 잡아당기는 수술을 같이하자고 권한다. “안 할 거야” 나는 단호하게 말했다.

스무 살 무렵, 그때는 월남에서 돌아온 김 상사나 공항에서 내리는 연예인, 그리고 시각장애인 가수 이용복만 검은 안경을 끼던 시절이다. 어느 날 멋으로 선글라스를 꼈더니, 어떤 친구가 “얘, 너는 볼 거라고는 눈밖에 없는데….” 아깝게 왜 눈을 가리느냐며 차라리 그 돈으로 차밍스쿨이나 다니라 했다. O자 다리에 안짱걸음이라 곧잘 넘어진다. 그래서 나는 서둘러 걷거나 뛰지 않는다.

세상이 점점 편안하다. 화장하지 않으니 외출이 간편하다. 무엇을 입든 무채색 옷에 선글라스만 끼면, 주름이 가려지며 감각 있는 멋쟁이가 된다. 마음 바쁜 일도 점점 줄어든다. 선글라스는 차단 효과가 있어, 눈이 예쁘다며 누가 연락처를 달라고 쫓아오지도 않고, 거리에서 자선단체라며 내게 서명을 부탁하지도 않는다. 마음 맞아 마주 앉은 사람에게만 내 눈을 보여주면 된다.

어쩜, 세상은 이토록 공평해질까. 선글라스보다 더 강력한 패션이 거리를 장악했다. 마스크다. 사람을 만나 애써 말하지 않아도 된다. 국적 인종 남녀노소 지위 고하를 막론하고 한결같은 모습이다.

잠깐 유행처럼 지나가겠지 하던 우려가 벌써 2년째 기약이 없다. 입을 가리는 것이 불편한가 싶더니, 2m '생활 속 거리두기'로 자리 잡았다. 사람이라면 마스크는 선택이 아니라 필수다. 선글라스를 끼고 산책하는 개는 보았지만, 아직 마스크 쓴 동물은 보지 못했다.

어느 집 가장이 자신의 집에서 샤워하고 나오면서, 알몸에 마스크는 쓰고 나오더라는 사연을 라디오에서 들었다. 집의 손녀 로하는 태어나면서부터 마스크 쓴 사람만 보았다. 이제 신인류에게 마스크는 패션의 역사다.

부자附子

부자는 독약이다. 남편이 지어 준 약이다. 작은 분량으로 강한 효과를 나타내기에 옛날에는 사약死藥으로 쓰였다고 한다.

설마 남편이 의도적으로 극약을 지어왔겠는가. 바꽃은 부자의 꽃이다. 부자의 사전적 의미로는 미나리아재비과 다년생 풀로써 여름에 투구 모양의 자백색 꽃이 총상꽃차례로 피며 뿌리는 한약재로 쓴다. 뿌리의 성질이 온화하여 양기를 돕고 체온이 부족한 모든 이에게 쓰는 극약이다.

발단이 그랬다. 그즈음 주말마다 부부 동반으로 산과 계곡에서 캠핑했다. 남편하고 동갑인지라 아내들 중, 내 나이가 가장 많다. '나잇값'을 해야 한다. 분위기를 조율하는 기쁨조다. 누가 그 역할을 하라고 부탁하지는 않았다. 구석에 있는 사람을 화기애애의 방석에 앉히는 일은 에너지 소모가 많다.

그러니 그것이 뭐냐? 나는 감초다.

감초 역할에 자꾸 브레이크가 걸린다. 몸살이 나거나 설사를 하거나, 산에 오르다 다리가 풀린다. 친구들은 퇴직 후, 해외여행을 가자며 거금을 모으고 있다. 퇴직은 어디 갔던지 자주 결석을 하게 되니, 적금 만기까지 살아있기나 할는지 심각하다.

어느 날, 남편 친구들이 모여 이거다 저거다 갑론을박을 벌였다고 한다. 양기를 북돋게 하고자 부자와 돼지족발을 푹 고아 즙으로 만들어 왔다.

부자를 먹은 적이 있다. 손자에게 먹일 젖이 모자란다는 이유로 시어른들께서 지어주셨다. 여름에도 발이 시린 내 앞에 모락모락 따끈한 약사발을 건네주시며 "식기 전에 어서 마셔라." 별안간, 혀끝이 말리며 온몸이 후끈! 그때 나는 명이 길어 살아났다. 훅하고 치미는 기억에 놀라 부자 액를 보자마자 "두 번 죽을 수 없다"라고 못을 박았다. 남편은 의사 한의사 교수인 전문가 친구들이 머리를 맞대고 내린 처방인데… 못내 아쉬워한다. 그래도 절대 마시지 않는다고 했다.

나는 '미련곰탱이'다. 무슨 일에 한 번 집중하면 몸과 마음을 아끼지 않는다. 그렇다고 원대한 꿈이 있어 목적을 달성하려는 것은 아니다. 내게 주어진 하루에 열과 성을 다할 뿐. 누군가가 기뻐하면 따라 신이 난다.

그런데 요즈음 매사 맥을 못 춘다. 손발뿐 아니라 마음 쓰는 일도 마찬가지다. 요령을 부려 몸과 마음을 사리지 못한다. 슬며시 부자 한 봉지를 꺼냈다. 아무래도 마셔야겠다, 남편 모르게.

펑크

터지고 말았다.

봄부터 새로 맡은 프로그램에 강행군했다. 인문학 수업 말고도 문학 수업의 몫을 다하자니 똥줄이 탄다. 평생 한 번의 만남, '일기일회' 정신을 담아 매 순간 정성을 다하려고 안간힘을 쓰다가 급기야 물총을 만났다. 연이틀 스무 방 정도, 이제 학기 시작인데…. 슬며시 시작된 설사가 맹물까지 쏟아낸다.

나는 삼계탕을 먹으면 보신이 잘 된다. 남편은 지난주, 발톱이 살을 파고 들어가 엄지발가락을 수술하여 붕대로 칭칭 감고 있다. 집에서는 내가 그의 보호자다. 아내가 아프다고 누우니 절뚝거리며 나간다. 잠시 후, 의기양양하게 생닭 한 마리를 치켜들고 들어온다.

이를 어쩐다. 도대체 누가 끓일까. 토요일 일요일 손으로 머리를 짚어보며 내 곁에 붙어있다. 혹시 아내가 잘못될까 겁이 나는 모양이다. 아는가? 여자가 아플 때 남편이 외출해주면 그 얼마나 고마운지. 나는 고독하게 아팠으면 싶다.

그는 평소에 먹지 않던 장아찌까지 다 꺼내 한정식을 차린다. 다음 식사시간이 되면 또 새 그릇을 꺼내 차려낸다. 그러나 아무것도 먹을 수가 없다. 배가 아플 때는 '미음'이 최고라고 한마디 했다. 그제야 상황파악을 하고 다시 생닭을 치켜들고 반품하러 간다. 나는 그사이 있는 힘을 다해 쌓아놓은 설거지를 했다.

남편은 미음을 끓이기 시작한다. 빨대로 먹을 정도의 농도다. 주말 내내 '남편표' 죽을 먹었다. 월요일, 출근하며 식탁위에 죽 한 그릇을 끓여놓고 나간다. 고소한 잣죽이다. 남구문화원에 수업하러 가니, 개강 첫날이라 새 얼굴들이다. 처음부터 약골을 보이면 얕잡아 보일까 봐 목청을 힘껏 썼더니, 목에서 으악새가 슬피 운다.

점심시간에 죽집에 갔다. 녹두죽을 먹는데 몇 숟가락 뜨니 남편의 죽 맛과 달라서 넘어가지 않는다. 거의 빈속으로 1시부터 시작하는 어진샘 〈문학 교실〉로 갔다. 이미 익숙한 분들이라 양해를 구하고 쉬엄쉬엄 단축 수업을 하려고 했다. 사람들의 심리가 그렇다. 내 꼴을 보아하니, '마지막 수업'이 될 것 같은지 학구열이 더 절절하다. 그리하여 아플 때는 늘 시간 초과 수업을 하게 된다.

정신을 바짝 차리고 운전하여 집에 오자마자 벌렁 누웠다. 남편이 쏜살같이 퇴근하여 '드르륵~' 쌀과 잣을 또 간다. 이왕 죽을 쑬 요량이면 좀 넉넉하게 두 끼 정도 먹었으면 좋으련만, 저울로 잰 듯 딱 한 그릇만 쑨다. 맛 향 농도 모양까지 완벽하다. 이참에 죽집을 차려도 성공할 것 같다.

어둑어둑 찬 바람을 막느라 성냥팔이 소녀 모습으로 단지 안에 작은 도서관으로 갔다. 처진 눈초리는 더 내려앉고 입꼬리마저 늘어진다. 웃으려고 애써봐도 전생의 절세미인 '서시'였던지, 저절로 인상이 찌푸려진다.

수업 중에 나가면, "집에 갔는지 알아 달라."고 했다. 저녁 강의라 남성들이 많다. 서로 마주보기 민망하다. 그중 한 분이 오늘 수업하지 말자며 "얼굴도 형편없으니" 당장 집에 가서 쉬라고 완강하게 말한다. 나는 말했다. "선생님은 내과도 아니잖아요!" 그는 성형외과 의사다. 겉모습만 볼 줄 알았지, 내 오장육부와 애 터지는 마음을 어찌 안단 말인가.

강의료를 받는 수업이라면 받은 만큼만 진행하면 된다. 하지만 '나눔 수업'은 그렇게 할 수가 없다. 무료라서 성의가 없다고 생각할 수 있기 때문이다. 결국, 저녁 10시가 넘어 집에 오자마자 수면제 한 알을 삼켰다.

벌써 닷새째, 남편이 쑤어준 죽 한 그릇을 먹고 시립도서관으로 갔다. 이 사람 저 사람 전화가 왔었으나, 목소리 보존 차원으로 받지도 걸지도 않았다. 오늘따라 남편이 자꾸 전화한다. 절뚝거리며 죽 쑤는 가장, 그 갸륵한 정성을 난들 왜 모를까. 생색이라도 내려나 싶어 일부러 무시했다. 또 전화가 왔다. 출근하다 보니 주차장에 세워진 내 차가 이상하다며, 우선 가까운 수리점부터 가보란다.

힘차게 또 시간 초과 수업을 끝내고, 자동차 수리점에 갔다. 뒤 타이어가 '펑!' 펑크가 났다. '이크!' 항문이 새는 것보다 강도가 더 세다. 내 배설기능이 문제가 아니다, 남의 생명을 위협한다. 펑크 때우고 집에 와 식탁 위에 놓인 죽 한 그릇을 먹었다. 펑크도 때웠겠다. 일단 늘어지게 자보자.

저녁 무렵 일어나니, 아~ 그리워라. 입안에 착착 붙는 하얀 쌀밥이여.

속물

힘이 없다. 한 끼만 굶어도 허리가 구부러진다. 눈치를 살피던 남편이 "아~ 알았다. 당신 고민" 금융상품도 오를 날이 있을 거라며 뒤에서 껴안는다. "당신은 날 그렇게도 몰라요?" 내가 언제 돈 때문에 고민하는 거 봤어요. 사실 나는 은행 잔액을 살펴보지 않는다. 그러니, 마냥 부자다. 좋게 말하면 선비답지만, 사실은 산수개념이 없다. 그냥 많으면 좋다.

그날 오후, 남편이 빨리 나오란다. 달마다 일정액을 내면 10년 후, 매달 연금을 받을 수 있다는 '국민연금공단'이다. 기분이 묘하다. 여태까지 부적절한 관계로 동거하다 뒤늦게 '혼인신고'를 하는 느낌이다.

푼수가 따로 없다. "어머, 여보! 나 이제야 정식부인이 된 것 같아" 발그레 온몸이 다 화촉 밝히듯 촉촉하다. 직원은 "두 분 모습이 아름답다"라며 덩달아 눈물을 닦더니, 고객인 우리를 보내고, 전화하고, 차고까지 뛰어 내려와 신분증을 챙겨주느라 혼자 바쁘다.

10년 후, 매달 198,000원으로 무엇을 할 수 있을까. 과연 그때까지 내가 살아있기나 할까. 막연한 기다림이 마치 다음 달이라도 된 듯, 남편의 등을 토닥여주고 얼굴을 만져주고 귀 잡고 뽀뽀도 해줬다. 어버이날 자축 기념으로 식사하자는 말도 마다하고 집으로 돌아와, 두릅을 데치고 전갱이를 굽고 대걸레로 거실과 부엌 바닥을 빡빡 문질러 닦아도 힘이 솟는다. 정령, 나는 돈 따위에는 관심이 없는 줄 알았다.

받아놓은 날은 반드시 온다. 와우~, 드디어 달마다 받는다. 요즘은 카페에서 체리가 얹어진 조각 케이크도 곁들일 만큼 찰랑찰랑 낭만까지 차오른다.

멜랑콜리한 밤바다의 '물멍'은 춥다. 눈 내리는 창가의 벽난로 앞에 앉아 '불멍'을 누리고 싶다.

"저와 함께 따듯한 '피카FIKA*' 하실래요?"

* FIKA : 바쁘게 돌아가는 일상에 차 한 잔의 여유를 뜻하는 스웨덴어로 '커피브레이크' '티타임'이다.

북극곰, 배우자

북극곰이 '위기'라고 한다. 북극의 얼음이 계속 녹고 있다. 덩치 큰 북극곰이 발 디딜 두꺼운 빙판이 없어, 바다표범도 바다코끼리도 잡지 못한다. 잡지 못하면 먹지 못하고 먹지 못하면 죽는다.

아침 식사를 하며 TV를 보는 중이었다. "에이구, 지구 환경이 바뀌면 빨리 환경에 적응해야지" 제아무리 북극곰이라도 제까짓 것이 뭐라고 꼭 먹이가 표범이어야만 하나? "산 고기면 어떻고, 죽은 고기면 어떤가?"라고 작은 소리로 일부러 들리게 말했다.

남편이 인류를 들고나온다. "장이 긴 동양인에게 육식을 강요하고, 장이 짧은 서양인에게 초식을 강요할 수는 없다" 라며, 몇만 년 동안 축적된 DNA는 바뀌지 않는다고 장황하게 설명한다. 내 귀에는 남편, 여편, 또 편 가르자는 말로 들린다.

남의 편, 남편에 관한 공부를 해야겠다. 북극곰을 핑계로 다윈의 진화론과 환경론을 논쟁하다가 쌩하니 각자 방으로 들어가지 말고, 배우자配偶者를 배우자. 위기는 곰에게만 있는 것이 아니다. 삶에서 가장 어렵다는 관문, 거실에서 퇴직한 남편 존경하기다.

배우자, NO

누구도 나서서 말리지 않는다. 큰 소리의 기세가 막무가내다. 모두 강사만 쳐다본다. “무슨 일이세요?” 오늘 날짜와 교재 진도 페이지를 칠판에 적지 않았다며, “강사가 이렇게 불친절해도 되느냐?”고 삿대질이다. 얼핏, 나는 민원인이니 너 정도는 자를 수 있다는 협박이 엿보인다. 떨렸다. 떨었는지 몰랐는데, 내 손에 쥐어진 교안이 파닥거려서 30여 명의 수강자도 다 떨었다고 한다.

어쩌겠는가. 바로 뒤돌아서서 날짜와 판서한 본문의 페이지를 표기했다. 상대방이 화를 내면 나는 오히려 차분해진다. 간이 작아 얼른 수긍한다. 그렇다. 집의 남자도 그 되지도 않는 나의 납작 엎드림 때문에 늘 화가 차오른다. 그러니 밖의 남자들은 환장할 노릇이다. 시비를 걸었는데, 싸움이 성사되지 않는 것처럼 자존심 상하는 것이 없다. 그분은 어디 얼만

큼까지 참는지 보자는 식으로 매번 타박이다. 강사가 그렇게 마음에 들지 않으면 안 나오면 고마울 것을, 출석률 100%다.

그는 겁먹은 나의 처지를 모르니, 대놓고 강의실 밖에서 쌈박질이다. 2층에서 내려다보니 목소리가 우렁차다. 주차장 앞에서 죽일래 살릴래? 맞서는 상대방도 수강자다. '아, 저 어르신들을 또 어찌할꼬?' 이 방 저 방 창문에서 다 내다본다. 잠시 시간이 지나니 두 분이 나란히 강의실로 들어온다. 보고 들은 것에 대하여 말하지 않았다. 그렇다고 아예 모르는 척하면 내게 또 어떤 봉변 바가지를 덮어씌울지 몰라, 사무적인 목소리로 그날 날짜와 옹야편 본문 몇 쪽이라고 안내했다.

묻지도 않았는데 변명을 한다. 너 몇 살이냐, 뭐 하는 놈이냐 실랑이를 하다 보니 "아~ 글쎄, 우리 논어 반 수강생이라네요. 우리는 선비가 되기 위해 배우는 사람들이라 점잖게 마무리했다."라면서, 어깨 겯고 악수까지 한다. 생뚱맞은 모습에 뚱뚱이와 홀쭉이 꼰대들의 꼰서트처럼, 손뼉에 발까지 구르는 굿판이다.

한 2주 지나니, 교장 출신의 대꼬챙이 선생이 슬그머니 보이지 않는다. 다른 구 도서관에서 시침 뚝 떼고 내 수업을 청강한다. 자식 또래의 수강자들 앞에서 구겨진 체면 펴기가 수

월치 않았을 것이다. 봄학기 12회 종강 날, 천하무적 선생께서 달마상의 미소로 걸어 나온다. 또 뭔가, 조마조마하다. 불쑥, 책 한 권을 들이민다. 문학 잡지다. 펼쳐보니, 그분의 프로필과 사진 소감 등이 적혀있다. 시인詩人으로 등단을 하셨다. 그 옆에 '노창희 선생님께 ㅇㅇㅇ드림' 나는 이때다 싶어, 저의 성은 노가가 아니고 '류'라고 꼭 짚어 말했다. 그예 그분이 또 발끈하며 "내가 선생님 성을 모를 줄 알아요" 펄쩍 뛴다. 우리 마누라가 "당신은 밖에 나가면, 절대 여자 이름은 알지 말라." 하니, 선생님 이름을 모른다고 "노NO"라고 사인했다며, 되레 노발대발 성질머리 한 양동이 퍼 올린다.

졌다, 깔끔하게!

나는 그가 두보나 백거이처럼, 균형이 깨진 삶에 대한 분노를 고발하는 '비분강개悲憤慷慨'의 사회 시인이 되었으면 좋겠다.

배우자, Jeep

정기간행물실에서 신문을 보던 어르신이 강의실로 들어온다. 한 올 한 올 풀—발이 잠자리 날개다. 섬세한 현악기의 줄처럼, 심금을 저미는 서슬이다. 이런 분들과 눈길만 스쳐도 베인다.

그분의 옷 수발드는 부인네를 상상했다. 몇 주 한일자로 굳게 다문 입술이 차츰 입꼬리가 올라가더니, 한 자리씩 앞으로 나오신다. 그러던 어느 날, 앙투아네트 머리 스타일의 여자분과 나란히 들어선다. 부인은 헤르메스 스카프처럼 화장과 옷 빛깔이 화려강산이다. 두 분의 팽팽한 눈총을 의식하며, 나는 목소리의 높낮이와 단어선택을 조심스럽게 조율하며, 강의시간 내내 그들의 눈치를 봤다.

그다음 주, 그 풀기 빳빳한 남성이 "우리 집 할망구가 감시차 불시 검문을 나왔었다."라며 집사람이 이 수업은 결석하지 말고, 꼭 가라며 시간과 의상과 용돈까지 후하게 챙겨주더라고 자랑한다.

언젠가 들은 이야기가 있다. 어느 아내가 아주 사소한 일도 남편에게 꼭 묻는다고 한다. 오늘 모임에 갈까? 어느 옷을 입을까? 외식 메뉴까지 일일이 사사건건 그러니 집안 대소사는 당연하다. 아이들 학원 학교 입시 취직 연애의 진도 상태와 결혼의 여부를 묻고 또 묻는다. 이번 주 주식을 팔까? 올해 그 아파트를 살까? 뭐든 혼자 결정하지 않는다고 한다. 듣고 있던 남자분들이 부러운 시선으로 그 여성을 바라본다. 어느 분이 그런 아내는 남편에게 '로또'라며 추켜세운다. 신이 난 여자분이 "맞아요, 제 남편은 제 인생의 복권이지요." "평생을 살아도, 어찌 그리 한 번도 맞는 적이 없을까요." 그리하여 뭐든 남편이 답변해주는 반대로만 하니, 모든 일이 술술 풀리더라고 말한다.

나는 풀기 빳빳한 그분께 "꿈이 무엇이었느냐?"고 물었다. 느닷없는 질문에 창밖의 철 지난 다대포 해수욕장을 바라본다. 아마 꿈이라는 단어가 생소했던 모양이다. 중학교 3학년 교과서에 실린 알퐁스 도데의 〈별〉 이후 처음 접한 단어인가 보다. 시험 보는 것이 아니니 편안하게 생각하라며 "일선에서 물러나면, 무엇을 하고 싶었는가?" 사모님이 원하는 캐릭터 말고, 본인의 꿈이 무엇이었느냐고 되물었다.

지그시 감았던 눈을 뜨더니 "군화 신고, 지프에서 내리는 모습"이라고 한다. 그러나 이제 새 지프를 살 수도…, 탈 수도…, 안 되는 이유만 말한다. 아마 자식들도 아내도 가장의 일탈을 봐내지 못할 것이라며, 꾸깃꾸깃 꿈을 구긴다. 나는 "핑계의 어원은 본래 3천 가지"라며 말꼬리를 잘랐다.

이번 달 갚을 빚이 있느냐, 집이 있느냐, 차가 있느냐, 연금이 있느냐? 지금, 누가 번 돈으로 먹고사느냐? 조목조목 들어보니 그분의 경제적 조건이 다 좋다. "그럼, 지금 하시라." 만약, 자식이 타던 차를 주면, 절대 받지 마시라. 내 한 몸 모시고 병원 오가기도 힘든데, 자동차 정비공장까지는 무리다. 새 차 타다가 "아비가 타던 차다" 당당하게 물려주시라. 가당키나 한 이야기냐고, 되레 나에게 강한 바리케이드를 친다.

"오늘, 20만 원 정도 쓸 수 있느냐?" 물으니, 그 정도는 한 달에 몇 번도 쓸 수 있다고 한다. 그럼 오늘 수업 끝나고, 로커 같은 부츠부터 한 켤레 장만하시라. 그건 당장도 할 수 있다. 그리고 "내 발걸음에 집중하시라" 현역 해병대 시절처럼 맥아 더 스타일의 선글라스로 카리스마를 뿜으시라. 쌩하니 달리고 싶은 날, 지프에서 내리는 상상을 하시라. "어깨 펴고 당당하게!" 말하면서 슬쩍 보니, 그분의 어깨가 각을 세워 부풀어 오른다. 소슬바람이 서늘하다. 훈장처럼 고추잠자리가 오열을 맞춰 팔일무八佾舞*를 춘다.

꿈의 실현은 생각보다 가까운 곳에 있다. 그대여, 끝날 때 끝나더라도 "뭐, 어때!" 그대의 꿈, Jeep를 타시라.

*팔일무 : 64명이 여덟 줄로 정렬하여 아악에 맞춰 문무文舞나 무무武舞로 규모가 크다. 천자(황제)의 제향 때 쓰이는 일무로 우리나라에서는 문묘나 종묘 제향, 또는 국가적인 행사에 거행한다.

류밍웨이, 배우자

그대의 배우자는?

사춘기는 사치였을 것이다. 6·25전쟁 이후, 아들만 넷인 집안의 셋째로 태어났으니 자신의 존재감은 없었다고 한다. 그랬던 그가 아내가 차려주는 밥을 40여 년 먹더니, 아내가 자애로운 어미인 줄 안다. 바락바락 성질까지 내며 반항한다. 감색 슈트와 흰 드레스 셔츠, 끈 묶은 구두, 넥타이를 조여 매고 근무했다. 연민으로 오냐오냐했더니, 30여 년 일했던 직업이 "적성에 맞지 않았다."라며 느닷없이 명퇴했다. 아이들도 보내지 못했던 어학연수를 간다고 필리핀 섬으로 떠나더니, 한동안 네팔에 꽂혔다. 그곳에서 제2의 인생을 설계하려던 꿈이, 하필 그해, 카트만두에 지진이 나는 바람에 마음조차 무너져 돌아왔다.

그는 모자라는 머리를 쥐어짜며 살았더니, 머리카락이 백

발이 되고 그나마 반은 숱이 빠졌다며 세월 대신 아내를 탓한다. 요즘은 몸을 쓰며 살고 싶다는 타령이다. 도배 장판 몰딩 배관, 자동차 수리, 선박 엔진 수리 및 정비 등을 배운다. 더러, 손가락 한두 마디가 날아가 아내와 자식들에게 바쁜 걸음을 치게 하면서도, 얼굴은 한가득 웃음이다. 한 집안의 가장이 행복한 피에르 어릿광대다. 이즈음 또 폭탄선언을 한다. 4, 5개월 찾지 마시라. 용접을 배울 것이다. 자신이 열다섯 살부터 하고 싶었던 꿈이었다니, 어찌 막을까. 배우자의 취향은 '타인의 취향'이다.

그는 세부 막탄섬에 들어가 수중 다이빙을 마스터하고 돌아온 이후, 섬의 원주민처럼 행동한다. 열 개 발가락이 다 보이는 '조리' 슬리퍼에 넓적다리 찢어진 청바지나 핑크빛 반바지, 마린룩의 남방셔츠에 모자를 비딱하게 쓰고, 자전거로 해변 길을 누빈다. 낭만적이라고? 맞다, 그는 보헤미안이 되었다.

내가 〈적벽부〉를 읊으면, 그는 목란나무 상앗대로 달그림자를 툭툭 치며 넘실넘실 철썩철썩 밤바다를 누빈다. 승선 리뷰를 읽어보면, 한결같이 친절하고 젠틀하다고 좋은 말은 다 적혀있다. 어찌 아니냐고? 그의 사이트에 답글 쓰는 것이 내

아르바이트다. 더러 청년들에게 팁도 받는 모양이다. 영화 속의 장면처럼 바닷가의 풍경이 되어가고 있다.

헤밍웨이가 어디 청새치를 잡아 오는가. 쿠바의 아바나 항구, 사계절 돛단배에서 내려 보풀보풀 보풀라기 일어난 낡은 카디건을 걸치고, 왁자한 선술집에 들러 어부들의 애환을 보고 들었을 것이다. 그가 당긴 그물에 걸린 것은 《노인과 바다》이다. 그 소설로 헤밍웨이는 퓰리처상과 노벨문학상을 받았지만, 이후 글이 써지지 않자 우울증과 알코올 중독증에 시달려 엽총의 총구를 입에 문 채 방아쇠를 당겼다. 그의 나이 62세였다. '바다가 황금이불을 덮고 사랑을 나눌 무렵'이면, 내 짝지도 "따르릉, 따르릉~" 바닷바람에 절인 모습으로 아내 곁으로 돌아온다.

그의 아내는? 남자는 배 여자는 항구~ ♬. 남편의 '영화처럼 즐기기'의 로고에 맞춰 가끔 도시락을 준비하거나 《맘마미아》 파티복으로 마중을 나간다. 남편의 정강이에 힘이 빠진 날은 접안 하는 배의 밧줄을 잡아당겨 육지의 고리에 묶어준다. 그 대가로 배달 자장면도 먹고 와인 잔으로 건배도 한다. 바람이 없어 세일링 못하는 잔잔한 날은 원고를 들고 나가 미풍에 퇴고도 한다. 지금 그녀와 그는 요트 세일 모양의 뾰족한 62층 옥탑방에 둥지를 틀고 있다. 높아서 무섭지 않냐고 묻는 이들도 있다. 바다에서건 배 위에서건 첨탑에서건 스스로 뛰어내릴 62세의 나이는 지났으니, 얼마나 다행인가. 더구나 〈류밍웨이〉를 쓸 수 있도록 배경을 마련해주니, "류밍웨이는 복도 많지"*

* 집도 없고, 남자도 없고, 갑자기 일마저 똑 끊겨버린 영화 프로듀서 이야기의 영화 《찬실이는 복도 많지》 제목에서 차용.

그대

"사랑이 뭐 별거겠어요. 행복이 뭐 별거겠어요. 그대와 함께 같이 잠들고 그대와 함께 같이 깨어나고, 그대와 함께 한 식탁에서 밥 먹는 것, 내게 그대는 사치입니다~ 사랑이란 말이 뭐 별거겠어요~ 그래 사치, 그댄 사치, 내겐 사치~♬"

출근길 라디오를 듣는데, 차 안에 습기가 가득 찼다. 종일 한동근이 부르던 〈그대라는 사치〉가 귓가에 마음에 가득 찼다. 저녁 식사시간, 식구들에게 '그대들이 나에겐 모두 사치'라고 말하는데 또 울컥한다.

"사랑이, 행복이 뭐 별거겠어요?" 그런데 그 별거 아니라는 별거가 왜 이다지도 어려운지. 내 성정의 부족인 줄, 아리고 쓰려서 알겠는데…, 늘 아라리로 덧난다. 식사 후, 그 노래를 들려주니 며느리는 결혼식 축가로 예식장에서 많이 들어봤다고 한다. 나는 한 번도 들은 적이 없다. 신부가 예쁜지, 장모가 우아한지. 신랑이 반듯한지, 시아버지의 어깨가 당당한지, 세속의 눈으로만 봤던 것 같다.

혼자 감흥에 젖어 "그대가 나의 며느리라서, 그대가 나의 남편이라서, 그대가 나의 아들이라서, 그대가 나의 손자라서 고맙다고 말하며 일일이 눈을 마주치는데, 모두 나에게 눈총을 쏜다. 사람이 죽을 때가 되면 마음이 변한다는 말을 생각하는 것 같다. 어색한 분위기를 눈치챈, 네 살배기 손자만이 "녜, 녜, 할머니!" 경쾌하게 화답한다. "할머니 좀 안아줘"라고 하니, 냉큼 팔에 힘을 주며 끌어안고는, 눈을 마주치지 못한다.

홍콩으로 함께 가족여행을 갔었다. 여행에서 돌아오자마자 아들이 사람을 구했으면 한다. 3년 전, 아이들 곁으로 이사왔다. 강의하며 밥 해먹이고 돌본 공이 하루아침에 파면당할 위기다. 처음부터 공적비를 세울 계획은 아니었지만, 대책 없이 쳐들어온 배은이 서운하다.

손자는 많이 컸다. 의사 표현을 곧잘 하고 잔병치레도 거의 없다. 무럭무럭 잘 자랄 것이다. 무엇보다 세 살 버릇 여든 간다는 착한 심성과 정서의 씨앗은 뿌렸으니, 그나마 다행이다. 아이 돌봐준다고 생색(?)내는 부모가 짐이 될 수 있다. 남편도 아이들도 어둔한 내가 점점 불안할 것이다. 서운한 감정이 북받치는 건 세월의 쇠함이다.

나는 여한이 없다. 내 힘껏 다했다. 지나간 시간을 되돌려 해보라고 해도 더 잘할 수 없다. 기운도 없고 흥도 없다. 가만히 있어도 어느 시기가 되면 자연스럽게 멀어질 터인데, 고새를 참지 못하고 나의 그대께서 기어이 사달을 냈다.

잊히는 것도 사랑이다. 이제 남은 시간은 차선이다. 등은 가벼운데 가슴은 맷돌 하나 올려놓은 듯 무겁다. 얼마간 지나면 이 무게 또한 감각이 마비될 것이다. 그냥 그럭저럭 살다 가면 그만이다. 서른 즈음에 어미라는 숭고한 이름을 얻고서 모자간에 얼굴 붉히거나 언성을 높인 적이 없다. 며느리도 내가 낳고 가르쳐도 그리 예쁘게 키우지는 못했을 것이다. 그리고 무엇보다 나는 이미 소중했던 한 사람을 잃었다.

왜, 진작 모진 세월 앞에서 아내를 지켜주지 못하고. 하필, 내 귀한 아들 손자, 며느리 앞에서 곤죽으로 만드는지. 아들의 '그대'와 아비의 '그대' 사이 간극이다.

“나 그대에게 드릴 말 있네. 오늘 밤 문득 드릴 말 있네. 나 그대에게 모두 드리리. 터질 것 같은 이내 사랑을. 그댈 위해서라면 나는 못 할 게 없네. 별을 따다가 그대 두 손에 가득 드리리. 나 그대에게 오늘 밤 문득 모두 드리리~ ♬”

별은 따다가 뭐 하자는 물건인지, 별꼴이다. 이순 넘은 여자에게 남편은 어떤 존재인가. 오직 같이 낳은 자식 흉보는 데 필요하다. 그는 본분을 잊었다. 홍콩 란콰이퐁 밤거리에서의 촌극이 낳은 후유증이다.

부자간에 다 그대들의 아내, ‘그대’가 소중하다는 주장이다. 나의 그대도 그동안 맡은 바 임무를 평생 성실하게 잘 수행했다. 다만, 아군과 적군의 분별이 부족했다. 결국, 지는 편이 내 편이다. 해보나 마나 뻔-한 승부, 자식 이기는 부모가 세상에 어디 있을까. 더 많이 사랑하는 쪽이 져주는 거다.

링거 효과

캐나다에서 한 남성을 만났다. 20년 전 목돈을 들고 이민 갔다고 한다. 그곳에서 아들 둘을 낳았다. 아이들은 당연히 영어를 잘한다. 교육적인 성공이다. 얼굴은 한국인이지만 캐나다에서 태어나 캐나다학교에서 캐나다 선생님께 캐나다 사고를 배웠다. 주말이면 중·고등학생 아들들이 여자 친구를 데려온다. 엄마 아빠가 함께한 자리에서 무릎 위에 앉혀놓고 '쪽쪽' 뽀뽀도 한다. 부모가 "하지 마라!" 을러댔다가는 바로 경찰을 부른다. 그건 그 나라 아이들의 문화다.

그 나라는 스무 살이 넘으면 독립시킨다. 그러나 어쩌랴. 부모는 뼛속까지 한국 사람이니 결혼이나 해야 법적 분리다. 남들보다 더 좋은 환경에서 교육하려고 낯선 땅에서 '멍멍' 고생을 하는 것 아닌가.

고향 강원도에 노모가 혼자 계신다. 장남이지만 용돈도 못

보내드리고 명절마다 찾아뵙지도 못한다. 다시 한국으로 역이민을 궁리해 봐도 한국의 물가가 좀 비싼가. 그달, 그달 생활비와 집세만으로도 매달 바닥이다. 한국의 월세 보증금만큼도 모아놓은 돈이 없다.

부부관계는 어떤가. 아내 앞에만 서면 작아진다. 아무리 일해도 원주민들의 반도 받지 못한다. "이놈의 나라는, 이혼하면 남자만 거지로 만든다." 여자에게는 이혼 수당까지 나온다. 왜 남자들이 혀 꼬부려 "허니~, 달링~"을 부르짖지 않겠는가. 아침밥을 못 얻어먹으며 뼈 빠지게 돈을 벌 테니, 제발 버리지만 말아 달라는 생존언어다. 아무리 사회보장이 잘 되어있다 해도 살아내기 힘들다.

한국 남편들끼리 매달 모임을 한다. 만약 부부 동반을 하면 그날 밤에 집집마다 폭파한다. 아들 아빠들의 "왜·사·라!"와 딸 아빠들의 "막·사·라!" 건배사 덕분에 이민 생활을 버틴다는 하소연이다. 이민자에겐 뭐니 뭐니 해도 "머니 money"가 최고다. 꼭 쓰러지기 일보 직전에 일이 들어온다. 우리 부부와의 만남이 '링거 효과'라며 캐나다 가이드 남성이 환하게 웃는다.

이국땅, 캐나다만의 이야기였으면 좋겠다.

제 2 부

아름다운

피구

무대에 올라갔다. 왕관을 쓴 여왕처럼 어깨에 휘장까지 둘러준다.

22인치, '미스 개미'에 뽑혔다. 남학생들 앞이라 허리를 더 잘록하게 보이려고 숨을 참았다. 환호와 박수 휘파람 소리로 포복절도 지경이다. 뭐지? 분명 내 앞에 무슨 일이 벌어지고 있다. 자랑스러운 휘장에 적혀있는 '미스 영양실조'라는 문구를 나만 모른다. 다섯 살이 넘도록 목을 가누지 못하고 걷지를 못했다는 어린이는 수수깡처럼 말랐었다. 어떤 사람은 나를 설명하다 상대방이 못 알아들으면, "아휴~, 왜 그 사람" "누구?" "사흘에 피죽 한 그릇"이 내 별명이다.

피구가 가장 무서웠다. 중학교 체육 시간에 이반 저 반이 편을 갈라 네모 칸 안에 가둬놓고, 공으로 상대편을 쳐 죽이는 피구를 했다. 피구는 서로 공에 맞지 않으려고 이리 피하고 저리 피하는 모습이 묘미다. 담이 큰 친구는 세차게 날아오는 공을 당당하게 받아, 먼저 죽은 친구를 몇 명씩 살려내기도 한다.

나는 겁에 질려 좌충우돌 뛰다가 혼자 살아남는다. 모두 나를 겨냥하고 있다. 파란 하늘이 아롱지며 응원의 함성과 야유와 비난에 어지럼증이 도진다. 이때 나의 소원은 '죽음', 어서 빨리 맞아 죽고 싶다. 옴짝달싹할 수 없이 숨이 멈춘 곳에, 개나리꽃 담장만 샛노랗게 화사했었다.

승부가 두렵다. 소심하게 어정대며 잽싸게 피할 줄 모르니, 결코 친구들이 견제할만한 상대가 아니다. 아무도 나 따위의 생사는 관심도 없다. 이기는 것도 싫고 지는 것도 싫다. 그런데 사람들은 엄지손가락을 추켜세운다.

살면서 그날 같은 상황을 자주 만난다. 그게 아니라고 정말 아니라고 손사래 치면, 겸손하다며 칭찬까지 한다. 겁쟁이를 방정한 틀 안에 가둬놓고 표창까지 한다. 이리저리 피하다 주저앉아 울먹이거나 진땀을 흘리다 깨어나면, 빈 운동장에 또 나만 혼자 남아있는 꿈속이다. 차라리 꿈이었으면 좋겠다. 정서의 영양실조가 틀림없다.

갑순이

갑순이가 나를 바라보고 있다. 뒤뜰 수돗가에서 언제나 똑 같은 자세로 빨래하는 나를 바라본다.

"왜? 어서, 들어가. 몸에 바람 든다."

솔바람이 부는 날도, 벚꽃 잎 휘날리는 날도, 백일홍이 핀 날도, 고추잠자리가 바지랑대에 앉은 날도, 한결같이 턱을 괴고 바라본다. 갑순이에게는 내가 롤모델이다.

그렇게 빤히 쳐다본다고 "네가 내가 되겠니, 내가 네가 되겠니." 둘 다 산후풍으로 얼굴이 푸석하다. 너는 목줄에 묶여 있고, 나는 유가儒家적인 인습에 매여 있다. 물설고 낯선 곳, 한데 나와 있기는 너나 나나 매한가지.

"어서, 들어가 쉬어라."

한참 후, 빨래를 삶아 들통째 들고나오니, 갑순이가 소나무 밑의 흙을 앞발로 뒷발로 손발이 닳도록 파내고 있다.

"애쓰지 마라, 기운 없다."

뒷마당에 빨래를 널고 들어오는데, 아직 숨이 붙어 꿈틀거리는 제 새끼 한 마리를 물고 나와 제 발로 흙을 덮는다. '그 무슨 해괴한 짓이냐?'고 호통치지 않았다. 하늘 한 번, 갑순이 한 번. 갑순이 한 번, 하늘 한 번, 바라만 봤다. 사지가 멀쩡한 제 자식도 내치는 세상이다. 개가 개 구실 못할 것 같은 제 새끼를 스스로 거두고 있다. 내가 먹을 미역국을 개밥그릇에 솥째 부어줬다.

개 짖는 소리에 깜박 졸다 일어나니, 마른하늘에 날벼락이다. 뽀얗게 펄럭이던 빨래들이 지나가는 소낙비에 흠뻑 젖고 있다. 허둥대며 이리 뛰고 저리 뛰는 나를 갑순이는 내다보지도 않는다. 벌써 한 세대 전의 일이다.

이즈음, 나는 비에 젖은 글들을 헹구지도 않고 여기저기 널고 있다. 빨리 빨래나 걷으라고 다급하게 짖어대던 갑순이. 갑순이는 지금 어디에서 나를 지켜보고 있을까.

아름다운 개조심

개를 호되게 꾸짖는다. 동백섬 입구 조선비치호텔 건너편이다. 관광객과 동네 주민이 불야성을 이루는 번화가다. "니가, 개야?" "끄~응" "너는, 자존심도 없어!" "끄~응" "손들고 있어!" 앞발을 들고 벌서는 '시츄' 앞에서 여인이 소리 내어 울고 있다.

사건인즉슨 건장한 남자가 송아지만 한 개를 끌고 길 가운데를 활보한다. 우람한 크기에 놀라 길가로 비켜섰다. "컹컹!" 큰 개가 을러대며 위협적인 몸짓으로 떠나갔다. 작은 개가 기가 죽어 '깨갱~' 여인의 다리 사이로 기어들었을 뿐 아니라, 꼬리를 낮춰 숨기까지 했으니, 그녀의 반려견은 야단맞을 짓을 했다.

내가 사는 통로에 젊은 주부가 있다. 늘 유치원 가방을 멘 아이를 데리고 내려오더니, 그날은 쭈글쭈글 주름투성이 개다. 개의 꼴이 졸지에 엎어져 코가 뭉개진 우스꽝스러운 모양의 '퍼그'다. 무슨 개냐고 물으니, 그녀는 "밍크"라고 명랑하게 대답한다. 분명 개인데 왜 밍크라고 할까. '댕댕이'*가 명품이라서 이름을 밍크라고 지었다며, 같이 키우는 '냥냥이'(고양이) 이름은 '코트'란다. '밍크 · 코트' 주인의 말투에서는 목표가 뚜렷하다.

지하주차장에서 자주 마주치는 중년 여인, 잘나가는 사모님 품격이다. 언제 보아도 '런웨이' 화보 차림이다. 흰색 정장에 하이힐, 패션의 완성으로 늘 하얀 '비숑 프리제'를 안고 다닌다. 개도 주인도 같은 디자인의 보석 머리핀을 커플로 끼고 있다. 나는 마주칠 때마다 '봉쥬르?' 수준으로 우아하게 인사한다. 그녀는 늘 고개만 까닥할 뿐, 목소리가 없다. 어느 날, 집의 손자를 데리고 병원에 가다가 맞닥뜨렸다. 인사하는 아이는 쳐다보지도 않고, 측은한 눈빛으로 나를 바라보며 "베이비시터였구나!" 마드모아젤의 혼잣말이 '왕재수' 굵은 소금이다.

1층 로비 소파에 가끔 앉아있는 키 큰 노신사는 파스텔톤 캐주얼이 유럽 스타일이다. 그가 안고 있는 개는 여우같이 생긴 작은 '웰시코기'다. 오가는 사람들을 살피며 소리가 나는 쪽으로 귀를 쫑긋 세운다. 특히 아이들만 지나가면 더 호기심으로 목을 뺀다. 유치원 버스를 기다리는 나에게서 어린이 냄새가 나는지 나를 바라보는 눈망울이 초롱초롱하다. 퀭한 눈빛의 개 주인은 기다란 손가락으로 강아지 눈을 가리며 강제로 목을 돌려 시선을 바꿔 준다.

내가 어렸을 때, 친정엄마도 개를 길렀다. 셋방 살 때는 엄두도 내지 못했다. 길음동에서 정릉으로 넘어가는 언덕배기에 집을 지니고부터는 우리도 개를 키울 수 있었다. 대문이랄 것도 없는 합판에다 작게 '개 조심'이라고 썼다. 부재중인 남편을 대신해줄 엄마의 보호견이다.

개가 제구실하였을까. 개는 밥 주는 사람을 닮는다고 한다. 일부러 먼 마을에서 미친 듯이 사람의 발꿈치를 물어뜯었다는 소문난 집의 강아지를 얻어왔다. 제 어미를 닮았다면 분명 밥값은 할 것이다. 보기만 해도 소름이 돋을 정도로 고약해야 한다. 아무리 성깔이 그럴싸한 놈을 데리고 와도 달포만 지나면 토실토실한 우량견이 된다. 족보 있는 진돗개도 삽살개도 아닌 똥개 '도구dog' 주제에, 우리 집 '프리티pretty'로 사랑받으러 입양 온 줄 안다. 꼬리를 살랑이며 애교 공세로 재롱잔치를 한다. 낮에 숟가락만 얹어 밥 한술 얻어먹는 몰염치 외판원이 와도 짖기는커녕, 마루 밑구멍으로 기어든다. 그들이 갔으니 나오라고 막대기로 휘저어도 선뜻 나오지 못한다. 밤에는 오죽할까. 주인보다 먼저 자고 주인보다 늦게 일어난다. 엄마가 기르는 개는 밥만 축냈다.

해운대 해변을 산책하다 보면, 예전 영국인들의 산책로였던 프랑스 니스해변처럼 이국적이다. 영국 귀족들처럼 '베들링턴 테리어'를 앞세우고 걷는 연인들이 있다. 개가 주인을 돋보이게 하는 착시효과다. 여행할 때, 개를 개 호텔에 맡긴다는 말은 간혹 들었다. 현지에서 자동차를 빌리듯, 개를 하루 이틀 빌리는 인정人情이 내 정서에는 몹시 낯설다.

나는 사회교류가 비교적 편안한 편이다. 여자·남자 편을 가르지 않는다. 남편은 여성을 조심할 존재로만 본다. 그러니 나의 자유로운 영혼에 얼마나 화가 날까. 나 혼자만이 아내를 알고 싶고~ ♬, 나 혼자만이 아내를 갖고 싶고, 나 혼자만이 아내를 사랑하여, 영원히 영원히 행복하게 살고 싶은 질투의 화신 '나 하나의 사랑'이다.

어느 날, 남편이 미술대학 교수인 지인에게서 그림 한 점을 분양받아 왔다. 액자 안에 커다랗게 '아름다운 **개조심**' 글자와 시커먼 '개' 한 마리가 하늘을 향해 짖는다. 우리 집 현관 지킴이다. 그 개는 아내에게 접근하는 남정네를 사납게 짖어 내쫓을 기세다. 크게 벌린 입안에 송곳같이 뾰족한 이빨, 꼬리를 바짝 치켜든 맹견의 위세가 제법 사납다. 과연, 그럴까. 개는 납작 엎드려야 개답다. 견격犬格이다. 그런데 그림 방향을 90도로 바꿔보면 형사 같은 가느다란 눈초리가 볼수록 정겹다. 한참 눈 맞춤을 하다 보면 개가 점점 아름다워진다. 개의 입에서, 개의 오줌에서, 개의 똥꼬에서, 멍멍, 졸졸, 뽕뽕~ 맑은 소리와 고운 빛깔의 동백꽃과 매화가 송이송이 피어난다.

개 눈에는 뭐만 보일까? 개 눈에는 주인만 보인다. 밥 주는 사람이 제 서러움으로 부지깽이를 치켜들어도, 주인이 가장 멋지다. 나는 여태까지 누구에게 개와 같은 무조건 사랑을 준 적이 있었던가. 비가 와야 물을 주고, 울어야 밥을 준다. 남편과 자식과 친정엄마에게 뒤늦게 미안하다. 내 엄마는 낯선 여인에게 남편을 도둑맞았다. 어려서 엄마 젖을 먹던 딸도 어느덧 보호견에게 의존한다. 목줄 풀린 개가 개집 밖으로 나오듯, 나도 자주 인격人格 밖으로 나와 '개소리'*를 했을 것이다. 사람이 사람답지 못하면 '개 대접, 사람 취급'을 받는다.

'남이 나를 속일까 지레짐작하고, 남이 나를 불신할까 억측

〔不逆詐 不億不信〕' 하는 내 개의 품종은 '편견'과 '선입견'이다. 매사 미리 조심한다는 핑계로 선입견으로 차단하고, 오만한 편견에 사로잡혀 있다. 무릇, 생명이란 소중하다. 겁쟁이 두 놈을 잘 다독여야 한다. 남의 고견(?)이 문제가 아니다. 상대를 존중하려면, 우선 내 안에 갇혀있는 견공들과 사이좋게 지내보자.

* 댕댕이 : '멍멍이'와 마찬가지로 강아지를 뜻하는 '야민정음'으로 인터넷 문체. 조선 순종 때 《증보문헌보고》에 경북 경주의 전통개인 '동경견'을 댕댕이라고 불렀다.
* 개소리 : 《개소리에 대하여》 헤리 G. 프랭크 퍼트. '예술적인 개소리'의 허세 혹은 허튼소리.

미투

그녀는 거침이 없다. 대학 시절, 군대장이 탄 지프에서 학군단 사열을 받을 정도로 배포가 컸다. 물론 남학생들도 쥐락펴락 플레어스커트 자락을 휘날렸다고 한다. 그녀의 당참은 가난도 선망이었다. 궁핍한 남학생과 사과 궤짝 앞에서 초례청을 차렸다.

결혼이 신랑·각시 소꿉놀이처럼 "니캉내캉, 알콩달콩" 하다면 무슨 재미가 있을까. 산전수전 공중전, 사시사철 24절기 바람 잘 날이 없다. 오직 '나만 바라봐' 남편은 시골 출신의 '해바라기' 장남이다. 슬하에 아들 둘, 딸 둘 사 남매가 둘씩 셋씩 자식을 낳으니 다복이 나날이 쌓였다. 그 세월 동안 어디 남편 한 사람만 고생하였을까. 그 시절로 돌아가면, 풋사과 같은 젊음을 다시 준다 해도 마다할 판에 설상가상 남편이 의식을 잃었다. 매일 점심시간에 중환자실로 달려간다.

사람의 신체 중에 가장 늦게까지 주인을 지키는 기능이 청력이라고 한다. 호스로 죽을 삽입하고 배설물을 빼낸다. 중환자실 옆 침대에 지극정성인 어느 아내도 날마다 온다. 그녀는 생산업과 서비스 업무를 마치고 나비를 꿈꾸는 번데기 모양이 된 남편의 심벌을 정성껏 닦아드리고는 "여보, 사·랑·해~ 여보, 사·랑·해~" 사랑 타령을 한다. 별꼴이다. '저 사람들은 정말 사랑했을까?' '사랑, 사랑이라?' 혹시, 내 남편도 듣고 있는 것이 아닐까. 덜컥 겁이 났다. 70 평생 아무리 뒤돌아봐도 전투적으로 치열했던 자신의 부부생활에 쉽게 할 수 있는 말은 아니다. 옆에서 "여보 사랑해" 선창할 때마다 장난삼아 남편의 귀 가까이 다가가 "미·투~, 미·투~" 장단을 맞추는데 이게 뭔가, 목울대가 울컥하다. 그 낯선 감정을 추스르며 뒤돌아섰다. 언제 왔는지 두 딸이 눈물을 줄줄 흘리며 지켜보고 서 있다. "엄마, 엄마가 아빠를 그렇게 사랑하는 줄 몰랐어요."

그날부터 "엄마, 사랑해" "할머니, 사랑해" 온 산과 들, 골짜기마다 사랑이 에코를 넣더라는 전설이다. 단지 "미투"만 했을 뿐인데, 봄이 왔다.

거꾸로 캠퍼스

대리 수상을 의뢰받았다. 지인인 재미작가 공순해 선생이 '현대수필문학상'을 수상한다. 국제적인 레드카펫인데, '코비드19'로 하늘길 물길 국경이 폐쇄되었다. 그분이 고국에 나와 고향까지 돌아볼 수 있다면 얼마나 좋을까. 안타깝다. 부산에서 기차를 타고 서울 대학로 시상식장에 가니, 내 눈에는 공공 그라운드의 '거꾸로 캠퍼스'라는 로고만 보인다. 문득 "그래, 내가 대신해보는 거야!" 바로 2박 3일 일정의 숙소를 체크인했다.

출발! 5학년 교과서를 싸 들고 입성했던 별들의 고향 달동네, 버스를 탔던 길은 타고, 걸었던 길은 걸어서 가보자. 명륜동 삼양동 돈암동 길음동 종착지는 경기도 포천 분실이었던 초등학교다.

명륜동, '장미다방'과 '피네다방'은 없어졌지만, 623년 전

통의 학교는 굳건하다. 야간 학생으로 인문관에서 창경궁 개구멍으로 기어들어 밤 벚꽃을 구경했던 당시는 통행 금지가 삼엄했다. 스트렙토마이신을 복용하는 야학이 오죽했을까. 소녀 가장의 피와 땀이다. 낮에 번 돈으로 밤에 졸업장도 없는 등록금만 축냈다. 그때, 청춘의 보약인 '연애'라는 백신이 삶을 구원했다. 냉이꽃이 지천이던 명륜당 대성전은 유네스코 세계 문화유산이 되었다. 금잔디광장 앞에서 창경궁으로 넘어가는 샛길을 물으니, "선배님 연세로는 무리"라며 '20' 학번답게 폴더인사를 한다. 와룡공원길을 따라 중앙고등학교 샛길로 내려왔다.

'업은 아이 삼 년 찾는다'더니 곁에 두고 맴맴 고추잠자리다. 예를 들어 아카데미 과학사나 대지극장을 물으면, 경찰들도 스마트폰부터 꺼내 검색을 한다. 한 동네서 잔뼈가 굵은 또래 세대라야 옛 지명과 정서를 공감한다. 걸어 다녔던 고등학교는 국제무역으로 이름마저 생소하다. 시절이 시절이니만큼 가는 날이 장날, '코로나 확진자'가 나왔다며 학교를 폐쇄했다. "연못이 아직 있느냐?"고 수위에게 물으니, 간절한 내 눈빛에 못 이겨 연못이 있던 자리에 들어가 새소리 녹음만 허락받았다.

은행알 추첨 뺑뺑이 1세대로 입학했던 사대 부속 중학교는 진작 폐교했다. 돈암동 태극당 뒤에 아직 유치원부터 대학교까지 다 있지만, 아예 청원경찰이 원천봉쇄다. 당시, 용문과 서라벌이 한판 붙는 날은 대문이 큰집들 앞으로 피하곤 했었다. 지금은 빌라와 원룸촌이다. 아침저녁으로 종아리에 알통이 배기도록 오르내린 개나리 언덕에 꽃빛깔 화사하건만 '폭력은 꽃으로도 하지 않는 것' '위기에 처한 이웃을 적극적으로 도와주세요' '이곳은 경찰 특별순찰 구역'이라는 팻말만 학교 담벼락에 즐비하다.

당시, 교문이 없어 개나리 핀 꽃길로 들어간 교실에서 초임 국어 선생님을 뵈었다. 긴 생머리에 끈 두 개가 말갛게 비치는 하얀 블라우스, 몸에 딱 붙는 미디스커트와 뾰족구두에 매료되어, 등굣길 미아리고개에 있는 양재학원을 올려다보았었다. 선생님이 교생실습 나갔던 이야기를 한다. 숨소리 하나도 놓치지 않으려고 집중했다.

"세상에, 그곳 아이들은 소 같더라. 옥수숫대를 질겅질겅 씹더라고."

순간, 반 아이들이 까르르, 설사 터지듯 웃었다. 분명, 소 이야기를 들었는데 나는 쥐구멍을 찾았다. 모두 "너지?" 손가락질하는 것 같았다. 어디 옥수숫대만 씹었겠는가. 수수깜부기도 우적우적, 메뿌리, 칡뿌리, 돼지감자, 개살구, 배추꼬랑지. 찔레, 삘기, 오디, 목화송이를 따먹고 캐 먹고 분질러 먹었다. 그래도 나는 한 번도 소 같다, 돼지 같다는 생각은 해본 적이 없다. 벌써 반세기 전의 일이다. 가축과 함께 살았던 촌아이는 그 후, 생활 곳곳에서 공중화장실을 찾아 헤맸다. 그때 배알이 꼬인 설사 덕분인지, 아직도 개미허리 감각을 유지하며 '은발의 패셔니스타'를 꿈꾼다.

8살이 되던 해 건넛마을에 분실이 생겼다. 두 개뿐인 교실에 비라도 내리는 날은 두 학년이 합반 수업을 받고, 맑은 날은 운동장의 돌을 삼태기에 주워 담았다. 겨울에는 솔방울로 난로 때고, 여름에는 개울에 나가 멱을 감았다. 검정 팬츠와 흰 러닝셔츠에 고무신을 신고, 본교에 반나절 걸어가서 운동회를 하고 달을 보며 돌아왔다. 책보자기에 책을 싸 허리에 묶고 개울 건너 등교하는 촌놈들에게 "견문을 넓혀야 한다." 라며 4학년 때 담임선생님은 서울 나들이를 강행하셨다. 서울 남산에 있는 리라 초등학교를 견학했다. 교실, 통학버스, 교복, 모자, 가방도 온통 노랑 빛이 그림엽서 같았다. 창경궁을 둘러 찾아간 신문사 5층 사옥에서 귀청이 떨어질 듯

'윙~~~' 소리와 함께 신문이 나오던 정경은 내게 벼락같은 신문화였다. 일손을 놓고 자식 덕분에 서울 나들이라고, 고운 한복차림으로 따라오신 엄마들을 일일이 사진을 찍어주셨다. 그 이듬해, 우리 식구는 서울로 이사하여 ○○국민학교 제6회 졸업생이 되었다.

의정부에서 시외버스를 타고 송우터미널에서 내렸다. 예전 오일장이 서던 장터는 당최 가늠이 안 된다. 언어와 얼굴빛이 다른 외국인 근로자들만 북적인다. 비까지 세차게 내려 걸어 다니던 이가팔리 초가팔리 방아다리 마을은 어디쯤일까. 아스팔트 찻길은 첨벙거리고 밭두둑은 질퍽하여 콜택시를 불렀다. 차창 밖이 온통 뿌옇다. 아카시아꽃 하얗게 피었던 고모리 과수원 길은 풀꽃 소녀의 빛바랜 기억창고에나 있다.

드디어 도착! 비바람에도 알록달록 학교건물이 크레파스처럼 선명하다. 코로나로 닫은 학교 중앙교단으로 올라갔다. 아~, 벅차다. 청군 백군의 줄다리기도 아닌데, "만세!" 만만세다. 만약 그 시절, 아버지가 집으로 돌아오셨더라면, 나는 정교초등학교 '제1회' 졸업생이 되었을 것이다. 그날, 운동장 '책 읽는 소녀상' 옆에 하얀 수건에 이름표를 단 겁에 질린 꼬맹이를 만났다. "그래, 장하구나." 때마침 주춤했던 빗줄기가 축복의 세례를 퍼붓는다. 우리는 이제 괜찮다.

영화 '인생은 아름다워'에서 아비 귀도는 "아들아, 아무리 처한 현실이 이러해도 인생은 정말 아름다운 것이란다."라며, 강제수용소에서 유대인의 차별에 굴하지 않고, 스스로 희극배우가 되어 어린 아들을 지킨다. 제아무리 팬데믹이, 목소리 큰 폭력의 세계가 짓밟으려 해도, 인간의 의지와 긍정의 유머는 잠재울 수 없다. 하굣길을 엄마 젖을 찾아가는 타박네처럼 거꾸로 걸어봤다. 인생은 역시 아름답다.

인생은 아름다워

Science, 어린이

도덕책 그림처럼 선명하다.

초등학교 6학년 첫날, 서울 ○○국민학교로 전학했다. 전학년 합해도 100명 남짓한 산골 분교에서 왔다. 태어나 가장 높은 건물에 올라갔다. 3층 교실이다. 남자반 여자반이 나눠있다. 한 반에 80명의 학생이 학년별로 10반이나 된다. 조회하러 운동장으로 우르르 내려가는 아이들 모습에서 현기증이 났다.

정릉 고갯길로 내려가면 마당이 너른 집이 있다. 안채와 바깥채가 있고 안마당 화단에 햇살이 밝은 집이다. 우리 예닐곱 아이들은, 방과 후 반장을 따라 새처럼 지저귀며 그 집으로 갔다. 선생님이 퇴근하여 오시기 전까지 반장이 시키는 대로 똑같이 표준전과 베껴 쓰기 숙제를 마쳤다.

그 당시는 중학교 입시도 치열했기에 길음동(당시는 미아2동) 아이들도 과외공부를 했다. 별들의 고향 그곳은 대학생이 귀한 동네다. 고등학생이거나 한 학년만 높아도 조무래기들을 가르쳤다. 그러니 담임선생님 댁에서 나머지 공부는, 요즘 말하는 선생님 '찬스' 특혜다. 그런데 예상 밖의 상황은 나처럼 촌뜨기거나 배가 고픈 아이들이다.

안채의 대장은 할머니, 선생님의 어머니다. 우리에게 개별 포장된 빵과 우유를 나눠준다. 특식을 먹고 작업실로 간다. 마당인지 헛간인지 창고형 가내공업이다. 과학 실험기구 조립부품을 분류하여 담는 일이다. 작은 상자에 반품이 없도록 꼼꼼하게 넣는다. 6학년 교과서에 나오는 전동기다. 그때는 몰랐다. 우리가 하는 일이 무슨 일인지. 그냥 선생님 댁에 가는 것이 좋았다. 크림빵과 우유 과자는 귀한 음식이다. 우리는 선생님께 뽑힌 자랑스러운 친구들이다. 서울에서 인정받은 징표다. 가끔 빵을 한 개씩 더 받으면 집에 가서 동생들과 나눠 먹었다.

2학기가 되어 중학교 입시가 없어졌다. 서울을 8학군으로 나눠 은행알 추첨으로 중학교를 배정받았다. 돈암동의 ㅇㅇ

사대 부속 중학교다. 중학교 선생님들은 우리를 그다지 반기지 않았다. '무시험 추첨'으로 입학하여 학교 평균이나 낮추는 아이들이다. 매일 학교와 댁에서 뵙던 선생님이 무척 보고 싶었다. 6학년 시절이 그리웠다. 토요일 오전수업이 끝나면, 곱슬머리에 옥니인 재범이와 함께 집 반대 방향의 삼선교까지 몇 정거장을 걸어, 육교 근처에 있는 '과학사'에 선생님을 찾아가곤 했다. 그해 선생님은 학교를 그만두고 그곳에 매장을 내었다.

집의 손자는 커다란 상자에 담긴 이름도 생소한 로봇에 열광한다. 우리나라 아들의 아이들도 대를 이어 좋아한다. 나는, 대한민국 과학에 일조했다는 자랑스러움에 애국가라도 불러야 하는데…, 가슴 언저리가 아리다가 물안개가 피어오른다. 맑은 햇살에 무지개 주단이 아름답다.

봄 소풍

1968년 6학년 2학기, 갑자기 중학교 무시험이 발표되었다. 경기여중이나 이화여중을 목표로 재수하던 아이들은 억울했겠지만, 나는 평생 행운 중의 행운이다. 학교에 가보니 같은 반 아이 중에는 버스를 두 번 세 번 갈아타고 오는 친구들도 있었다. 한 반에 70명씩 '덕 현 명 숙 영 미 지 정 예 의' 이름도 갸륵한 열 개 반이다. 그중 한두 명만 자가용을 타고 온다. 누군가는 은행장 집 아이라 하고, 우리 반 반장은 사실 학교에는 거의 출석하지 않는 친구인데 할아버지가 ○○맥주회사 회장이라 했다. 어떤 아이는 점심시간에 일하는 언니가 따뜻한 밥을 쟁반에 받쳐 들고 온다. RR초등학교 출신 아이들은 선생님들께 대우를 받았다. 우리의 출신성분은 AA 거지 떼, BB 똥통으로 불리면 단체로 일어섰다. 머리의 교칙이 귀밑 3센티 단발이다. 묶음 머리 5센티, 약간 긴 머리는 두 번 땋고 5센티를 묶어야 한다. 그러나 사립초등 출신들은 등허리까지 길게 늘여 땋았다. 미술이나 피아노 기계체조 같은 예체능으로 학교의 명성을 빛내기 때문에 당연한 자유였다. 설립 2년 차, 신설학교에 맞는 특징이다.

무시험 입학생이다 보니, 더러 구구단 외우기나 한글 받아쓰기를 못 하는 친구도 있다. 그중 내 짝지는 국어 시간에 '빼어 읽기'를 못해, 수업시간마다 자는 척 엎드려 있다. 그 아이는 쉬는 시간이면 석탄 난로 위에 도시락 바꿔 데우기, 물 주전자에 물 받아오기, 방과 후 청소하고 쓰레기통 비우기를 잘했다. 나는 어떤 친구인가. 교문도 없는 개나리 언덕의 노란 꽃이 다 떨어지도록 재잘대는 것이 특기다. 지금도 누구 앞에서 이야기는 빨강머리앤 입담처럼 쉼 없이 잘한다.

드디어, 소풍날이다. 봄 소풍은 서오릉으로 갔다. 왕들의 능이 높은 산이거나 아주 먼 곳이 아니다. 주로 시내버스 종점이다. 삼삼오오 무리 지어 능선을 따라간다. 아이들은 냉이, 꽃다지, 질경이, 미나리아재비, 자운영, 쇠비름, 찔레순, 취나물, 부지깽이나물, 홀아비바람꽃, 며느리밑씻개 등을 전혀 구별하지 못한다. 쑥만 해도 그렇다. 나는 참쑥, 떡쑥, 다북쑥, 약쑥 인진쑥 사자발쑥 개똥쑥 덤불 쑥을 구별한다. 날

렵하고 귀티나게 물찬 제비처럼 솟아오르는 제비쑥 앞에 앉아 은근히 비상을 꿈꿨다. 그 짓을 하느라 일행에서 매번 뒤처지기 일쑤다. 혼자 풀을 뜯어 손등에 두들기며 "오이 냄새나라, 참외 냄새나라♬" 창가를 부른다. 구경하던 아이들도 "어머! 얘가 말하니까 진짜 오이 냄새가 나." 나의 주문은 늘 신통력이 있다. 애기똥풀 꽃대를 잘라 샛노랗게 나오는 액을 보여주면, 친구들은 쇠별꽃처럼 눈을 반짝이며 내 눈을 바라봤다.

나는 중학교 1학년 봄 소풍 날 이후부터 자신감을 획득했다. 내가 아는 것을 스스로 존중했다. 수학 빵점에 물상을 50점 맞아도, 실수만 하지 않으면 국어는 33문제를 거의 다 맞췄다. 복도에 과목별로 1등에서 꼴등까지 다 써 붙여도, 국어만큼은 상위권이다. 은행의 잔액처럼 풀꽃 정서가 차곡차곡 저장되었다. 자산이다. 혼자 놀아도 따돌림을 당해도 조금도 심심하지 않은 아이가 되었다.

촌村발 하나로 나만의 아름다운 캐릭터를 구축했다.

생존

전쟁이 나면, 총 맞아 죽지 감기 걸려 죽지 않는다.

나와 엄마는 격리되었다. 온 국민이 온 세계가 '코로나19' 확산으로 전시상황이다. 병구완 생활에 지친 나는 불행 중 다행이라고나 할까.

그동안 친정엄마는 고관절 골절로 두 달 동안 수술을 두 번이나 했다. 팔순 노파가 고통과 극도의 불안함으로 고래고래 소리 질러 딸을 찾는다. 병실마다 쫓겨 맨 끝방 1인실로 옮겼다. 밤에도 몇 번씩 응급실로 가야 하니, 나는 자궁 안의 태아 자세로 버텼다.

모녀는 마스크를 꼈다. 둘만 꼈는가. 병원 안의 모든 사람도 거리의 사람도 티브이 안의 국민도 다 꼈다. 나는 바이러스를 차단하기 위한 마스크고, 엄마는 산소마스크다. 이제 엄마는 배변인지가 어렵다. 피 주사, 무통, 항생제, 포도당,

알부민 등등, 링거 줄이 주렁주렁하다. 소변 줄을 끼고, 기저귀를 찼다. 노상 침대에 누워있는 환자는 오히려 보송보송한데, 내 꼬리뼈 부분이 짓물렀다.

치료하러 길 건너 병원에 갔다. 검은 바지 검은 점퍼 검은 안경 검은 마스크로 화생방 전투복 차림이다. 피부과에 들어서니 간호사들이 뜨악하게 바라본다. 병원 안이 영화에 나오는 살롱 배경처럼 고급스럽다. 하기야 80층 마천루 아파트 상가다. 너른 공간 안에 환자는 나 혼자다.

병간호하다가 욕창이 생겼다고 하면, 어느 특정 지역 특정 종교에서 온 의심을 받을 것 같다. 마침 종아리에 손톱만 한 붉은 반점이 나타나 있었다. 나는 도장 부스럼이 난 것 같다며, 어쩌고저쩌고 '저구지교' 행세를 했다.

젊은 남성 의사도 마스크를 꼈다. 요즘은 서로 눈길을 피하며 말을 하지 않는 것이 예의다. 미안해하며 작은 상처를 보여줬더니 '건조증'이라며 컴퓨터 모니터만 들여다본다. '넌, 이 시기에 왜 왔니?' 대한민국 국민 맞느냐는 남파간첩 취급이다. 의사의 적대감을 무시하고 "그런데요~" 머뭇머뭇 "제가 보이지 않는 곳에……." 그제야 보여 달란다. "여기서요?" "예!" 순간, 나는 선체로 어정쩡하게 엉덩이를 까내렸다. 그는 아마 내 환부를 봤을 것이다.

어색한 순간이다. 약은 우선 일주일 치 처방을 했다며 어서 나가라는 눈치다. "질문이 있는데요." 대꾸도 안 한다. 나는 얼른 마스크를 벗으며 "제가 평생 화장도 안 하고 막 살았더니, 얼굴이 이렇게 되었어요." 의사는 내 엉덩이 부근의 욕창 따위는 벌써 잊은 듯하다.

"이런 저승꽃이나 점도 뺄 수 있나요?" 나는 호기심으로 물었는데, 의사도 잽싸게 마스크를 벗는다. 개념 없는 아줌마를 한순간에 스캔한다. 나의 나긋나긋한 말씨에 순간 매료된 듯하다. 첨단 확대경(피부과용 우드램프 피부 확대경 자외선 확대경)을 들이대면서 정겨운 미소까지 보인다. "지금, 시술하시죠." "지금요?" 벌써 초크를 들고 내 얼굴에 황칠 하더니, '점 빼기 좋은 계절'이라며 친절하게 설명까지 한다. 그렇다. 전 세계 전 국민이 모두 마스크를 쓰고 다닌다. 가족 말고는 사적인 교류도 없다. 시술하기에 딱 좋은 시기가 맞다.

간호사가 쏜살같이 들어오더니, 여러 개의 방중, 가장 햇살 가득한 방으로 안내한다. 그곳에서 나는 잔잔한 음악을 들으며 듬뿍 바른 마취제가 스며들기를 기다린다. 활기찬 목소리의 의사 선생님이 "사모님, 사모님!" 불편한 곳은 없으신지 묻는다.

그런데 그는 알까. 내가 가장 싫어하는 호칭이 '사모님'이라는 것을. 사모님은 잘나가는 남편이 제공해준 신용카드로 성형외과 서핑을 하는 유한마담 느낌이다. 마취제만 처바르지 않았다면 벌떡 일어나고 싶다. 졸지에 나는 사모님으로 격상되었으니 어쩌랴. 꼼짝없이 누워 고기 굽는 냄새를 맡아야만 했다. 우아한 화형火刑이다.

나는 호구虎口가 되었다. 어찌 아느냐고? 백화점 명품 코너에 어정거리면 밀어내지만, 그런대로 참한 매장에서는 "사모님, 뭐 찾으시는 것 있으세요?"라며 안쪽으로 안내한다. 은행에서 1천만 원 이상 정기예금을 넣으면 "사모님, 기한은?" 우수고객이다. 마트에서는 고객님, 전통시장에서는 아줌마 또는 새댁(?)이다. 그러나 생명과 질병을 지켜주는 병원에서는 고유명사로 이름을 부른다. 역시, 죽고 사는 건 개인적인 일인가보다.

시술 후, 한동안 햇볕을 피하란다. 그동안 친정엄마는 쪼그리고 앉아 밤새는 딸 없이도 요양병원 집중병동에서 재활치료를 잘 받고 계시다. 그날, 오가는 발길 뚝 끊긴 피부과 의사 선생도 간호사 선생들도 나에게서 생존의 비용을 벌었다. 핑겟김에 박쥐처럼 밤에만 나다녔더니, 나의 욕창도 슬그머니 어둠 속으로 사라졌다. 내 얼굴의 피부도 창상 피복재 테이프 안에서 잘 살아나고 있다.

그럭저럭 입춘을 맞이하고, 동백섬에 동백꽃 붉더니, 매화 지고, 목련 지고 우수와 춘분이 지나갔다. 사람들은 TV로 세상을 본다. 총칼보다 무서운 바이러스와의 전쟁이다. 이 나라 저 나라 동서양 할 것 없이 국경을 봉쇄하고, 학교는 휴교하고, 행정명령으로 단체행사 금지, 사회적 거리 두기로 정치 경제 사회가 '일단 멈춤'이다. 천륜과의 관계마저 차단당하고 있다.

'사월은 잔인한 달, 죽은 땅에서 라일락을 키워낸다*' 곳곳에서 생명이 움튼다. 먼 산의 진달래는 피고 졌는지, 냉이꽃 제비꽃 양지꽃 지고 피고, 피고 지고, 또 핀다. 봄이 코로나 속도를 따라잡지 못한다. 외출을 자제하는 동안 살충소독보다 진한 수수꽃다리 향이 골목마다 "丁香丁香dingxiangdingxiang ♬" 희망을 노래한다.

* T.S 엘리엇의 〈황무지荒蕪地〉 : 영국의 시인 엘리엇이 지은 장시(長詩). 제1차 세계대전 후, 유럽의 황폐한 모습을 상징적으로 표현한 작품으로, 전후의 상황을 혼란·환멸·절망 따위의 주제로 노래하고 있으며, 모두 5부로 구성되어 있다.

내가 죽으면, 누가 울어줄까

하늘도 물을 머금었다. 상복을 입은 행렬이 다가오고 있다. 여남은 명의 상제들이 애통하게 목을 젖히기도 하고 가슴을 쥐어뜯기도 하며 울며불며 뒤따르고 있다. 검은 띠를 두른 승용차가 지나간다. 안을 들여다보니 서너 명의 남자가 오열하고 있다. 도대체 누구의 죽음인가. 가늠할 수 없다. 금방 노제路祭라도 지냈는지, 골목 안 군데군데 쪼그려 앉아있는 이들도 눈물을 훔쳐내고 있다. 끝자락 비껴간 자리에는 으레 고인의 뒷이야기나 한두 사람은 다른 일로 설핏 웃을 법도 한데, 동네 사람들도 다 우는 사연이 무엇일까.

여고 졸업반, 2학기가 되면 취업을 해야 한다. 학창시절이 끝나기 전에 경춘선을 타자며 몇몇 친구들이 모였다. 그날 8·15 기념행사를 방영하던 도중 TV 화면이 "찌직!" 끊기며 검게 변했다. 그래도 우리는 예정대로 기차를 탔다. 뭔가 침울

했다. 소양강 강줄기를 따라 두어 시간 걸었다. 그날따라 불볕이다. 소양댐에서 자동으로 '소양강 처녀'를 틀어준다. 늘어지는 가락이 흡사 고장 난 카세트테이프 같았다. 배를 타고 도착한 청평사. 절터만 그대로 남아 고요한데, 우리 마음을 대신하듯 매미가 기를 쓰고 울었다. 다음 날 새벽. 라디오에서는 장엄한 음악만 종일 들린다. 변고가 생겼다. 귀에 익숙하지 않은 장송곡葬送曲이다.

청와대를 출발해 국립묘지까지 운구運柩행렬이 이어졌다. 걸 스카우트 대원이던 나는 광화문 앞 인도에 나와 있는 군중들이 차도로 나오지 못하도록 막는 역할을 맡았다. 당시는 영부인을 '국모'라고 칭했다. 하얀 목련을 닮은 자태, 물방울무늬를 좋아하는 소박한 사람, 나서지 않고 내조하는 여인 등, 육영수 여사 예찬이 신사임당에 버금가는 여학생들의 모델이었다. 그렇게 획일적인 교육을 받으며 자랐다. 극장에 가서 '대한늬우스'에 나오는 전설적인 인물임에도 불구하고, 우리 때는 '비목'을 부르며 어른도 아이도 개도 소도 하늘도 땅도 울었다. 영부인이 저격당했다. 온 나라가 슬펐다. 울부짖는 인파에 떠밀리며 국립묘지까지 갔다. 그날 여학생들과 소복을 입고 거리에 나온 시민뿐만 아니라 방방곡곡 국민이 한 덩

어리 되어 우는 모습. 무성영화의 한 장면처럼 곡소리 멈춘 곳에 흑백의 장면만 내게 남아있다.

어렸을 때, 상여 나가는 것을 자주 보았다. 선산밑이 집성촌이었기 때문이다. 꽃상여와 만장의 펄럭임을 먼발치에서 보고 있으면, 마치 마당놀이 같았다. 구성진 상두꾼 소리와 어우러져 아련한 슬픔이 밀려왔다. 성인이 된 지금도 아파트에 초상이 나면 베란다에 나가 출상을 지켜본다. 딸일까? 며느리일까? 소복에 땅을 치고 영구차를 가로막고 우는 것을 보며, 같이 따라 소리 내어 울었다. 일부러 작정한 시늉이 아니라 저절로 그렇게 된다. 상복에 대한 관습적 슬픔이다. 지금은 그마저 사라졌다. 죽음은 병원에서 상례는 장례식장에서 치른다.

오래전, 부산 시청 근처에서 별난 현수막을 보았다.

'내가 죽으면 누가 울어 줄까?'*

무엇일까? 마을버스 안에서 내다보이는 눈높이에 맞춰 걸려 있다. 순간, 많은 사람이 파노라마처럼 스쳤지만 결국 내 아이들 얼굴만 남았다. 아이들 뒤에 남편의 얼굴도 보였다. 그럴까? 정말 그들이 나를 위해 울어 줄까. 가족들마저 울어 주지 않으면 어쩌나, 덜컥 겁이 났다. 누가 볼세라 혼자 피식 웃었다. 도대체 저 현수막의 문구는 무엇을 말하고 싶은 것일까? 아무렇게나 살면 울어줄 사람이 없으니, 바르게 살기 운동본부의 구호일까. 혹, 교통사고를 줄이자는 보험회사의 상품광고일까. 아니면 어느 극단에서 올린 연극 제목일까.

그날 가신 분이 여자인지 남자인지 젊은이인지 노인인지 모른다. 어떻게 살다 가신 분인지는 더구나 알 수 없는 노릇이다. 들어보려고 머뭇거렸지만, 묵직한 앉음새와 슬픈 눈빛이 나를 어서 지나가라고 밀어냈다.

아파야 건강함을 소중하게 여기듯, 죽음 앞에서 삶을 본다. 살아 있어야 칠정(七情-喜怒愛樂哀惡慾)을 표현할 수 있다. 살아 있는 사람만이 죽은 자 앞에서 울어줄 수 있다. 마을 사람들이 울고 하늘도 비를 뿌리기 시작하는 그 죽음이야말로 축복이라는 생각이 든다.

누군가의 죽음 앞에 울어줄 수 있다는 것, 이보다 더 아름다운 삶이 있을까.

* '내가 죽으면 누가 울어 줄까?' 혼을 담아 지었다는 아파트(2001년도)를 홍보하는 현수막이었다. 20여 년이 지난 그 아파트 벽 꼭대기에 아직도 '魂'이라는 로고가 새겨져 있다.

祭 아으 동동* 文

유세차,

신축 2021년 4월 23일에 우리 문단의 거장이시고 '에세이 부산' 상임고문이신 유병근 선생님이 소천하셨습니다. 저희 회원 일동은 삼가 작은 부의를 마련하여 영단 아래 엎드려 글로써 영결을 고합니다.

아으 동동!** 유병근 선생님이시여. 선생님의 유년 시절은 저희 뵐 수 없었으나, 글 쓰는 후학들에게 보여주신 타고나신 성품은 온순하고 후덕하셨으며, 재질과 기질은 맑고 순수한 소년이셨습니다. 저희에게 하대하시는 법이 없으셨고, 문학의 길을 먼저 걸으셨다고 앞서서 진두지휘하지 않으셨습니다. 늘 '동료'라고 부르며 오히려 한 발 뒤에서 바라보셨습니다. 때로는 어쩌다 참석하는 큰 행사장에서, 맨 앞 가운데 자리에 계시지 않아 서운한 마음도 있었습니다. 문학 외의 다른 이름으로 우쭐대는 소인배가 될까 염려하시는 깊은 뜻을 헤아리지 못했습니다. 어느 사이 저희도, 각자 '자기만의 방'에서 글을 쓰고 있습니다. 늘 '새로운 인식'을 말씀하시며 '지성과 감성'의 과유불급을 조율하는 잣대를 전해주셨습니다. 넘쳐도 호되게 나무라지 않으셨고, 모자라도 미소로 바라봐주셨습니다.

아으 동동! 유병근 선생님이시여. 사월은 비가 와야 연둣빛 빛깔이 곱습니다. 선생님께서 갑자기 신선이 되어 하늘에 오르시니, 천도도 무심하여 울지를 못합니다. 선생님의 문장은 고고하셨고, 행동은 예에 맞으셨으니, 아마 그곳에서도 선생님을 맞이하시는 영광을 얻었을 것입니다. 지금 저희 앞에는, 향과 촛불만 타오르며 눈물을 떨구고 있습니다. 정은 있어도 말이 없으시니, 이것이 바로 이 세상과 저세상의 차이인 것 같습니다. 어느 때, 다시 만나 웃으며 선생님의 가르침을 받겠습니까. 이젠 틀렸습니다. 만사가 헛된 일이 되고 말았습니다.

아으 동동! 통영의 문학소년 유병근 선생님이시여. 저희는 선생님의 평소 유지를 받들어, 말하고 싶은 것을 글로 쓰며, 선생님께서 못다 이룬 문학의 길을 잇는 역할에 충실하겠습니다. 들리지 않고 보이지 않는 그곳에서, 해마다 4월에 봄비 내려주시면, 문학의 단비로 여기겠습니다. 부디, 영면하시옵소서. 삼가 명복을 빕니다.

– 부산대학 병원 발인 현장에서
'에세이부산' 회원으로 삼가 추도사를 올립니다.

* 고려가요 〈동동動動〉은 월령체 가사문학.
** 『아으 동동』 유병근 / 작가마을 2017. 수필집 제목.

요령

네 잎은 돌연변이다. 나폴레옹이 전쟁 중에 네 잎 클로버를 보았다. 신기하여 자세히 보려고 허리를 숙이는 순간, 총알이 머리 위로 스쳐 지나갔다고 한다. 그 후 네 잎 클로버는 행운의 상징이 되었다. 행운을 바라는가. 어느 분은 평생 하나도 찾지 못했다고 애석해한다. 나는 매 순간이 행운인지 네 잎을 잘 찾는다. 멈춰 서서 누구와 잠시 이야기를 하면서도 떨어뜨린 콩 줍듯 찾는다.

풀도 DNA가 있다. 처음 하나의 줄기만 찾으면, 연달아 나타난다. 풀숲을 들치고 조급증을 내면 이내 숨는다. 가만히 들여다보면, '나 여기 있는데…' 살포시 얼굴을 내민다. 어찌 모르는 척할까. 나도 '너를 기다렸'다고 속삭인다. 지난해 만났던 비밀장소다. 밀회 장면은 누구에게도 들키고 싶지 않다. 특히, 돋보기 도움받지 않고 책의 목차를 볼 수 있는 청춘들,

그들은 네 잎 찾는 요령을 몰랐으면 좋겠다.

공자 가라사대, 알려고 분발하지 않으면 열어주지 않으며, 표현하지 못해 애태우지 아니하면 말해주지 않고, 한 모퉁이를 들어주었을 때, 세 모퉁이가 반응하지 않으면, 다시 일러주지 아니한다.

– 논어 술이편

우는 아이에게 젖을 준다. 배가 고파야 한다. 끊임없이 보채야 한다. 누구에게? 자신에게다. 아기가 처음 "엄마" 소리를 내려면 3천 번 정도를 되뇐다고 들었다.

가령, 네모난 보자기의 한쪽을 들어 올려주면, 세 군데의 자락이 흔들린다. 한복치마가 뭔지 모르는 동물에게 "이것이 무엇인가?" 물으면 알지 못한다. "옷이다, 입어라" 윗옷인지 아래옷인지 어떻게 입는지 모른다. 생각을 할 수 있는 사람만이 어깨끈의 목 '령領'을 찾는다. 바로, '요령要領'이다. 말귀를 알아듣지 못하면 애써 알려준들, 쇠귀에 경 읽기다. 그럼 어찌해야 하는가. 시행착오를 겪어야 한다. '척 하면 삼천리. 쿵 하면 짝' 할 수 있도록 애태우며 스스로 알아내야 한다.

세잎클로버의 꽃말은 '행복'이라 들었다. 내가 앉은자리가 행복의 신전일 줄 모르고, 소녀 시절부터 해마다 오뉴월 땡볕에 쪼그리고 앉아, 발밑의 행복을 밟으며 행운을 찾아 헤맸다. 소소한 일상을 소홀히 한 벌로, 흰머리 소녀의 얼굴에 저승꽃이 흉하다고 누구를 탓할까. 애꿎은 세월만 덤터기다.

나는 한글 전용세대다. 초등학교 4학년 딱 한해, 국어 교과서에 한자漢字가 나왔다. 한문을 배울 기회를 잃었다. 여고 때 담임선생님은 방학 숙제로 신문 '논설란'의 한자를 적어오라고 했다. 당시는 신문을 구독하는 집도 드물었다.

빼앗긴 들에도 봄이 온다. 사랑방에서 "자~왈" 글을 읽던 할아버지 덕분인지, 죽봉竹峰 선생님께 난정서蘭亭序와 성교서聖敎序를 사사 받았다. 혼수품으로 8폭짜리 반야심경병풍을 왕희지王羲之체로 써왔다. 붓글씨를 쓰면서 해서 행서 초서의 서체도 예뻤지만, 나는 뜻을 품은 한자의 운율에 매료되었다.

뒤늦게 서당을 찾았다. 그곳에서는 소학 대학 논어 맹자 중용 시경 서경을 강독하고 있었다. 선배들은 두꺼운 목판본으로 공부하는데, 원문 장구 잔주를 다 읽으려면 하루에 한 문장도 어렵다. 신기하게도 서당 선생님은 한글을 모르셨다. 경상도 발음으로 "몸땡이체體, 아래께향向" 구술로 하셨는데, 대체 아래께가 뭘까? 도리깨로 콩 터는 것은 봤어도 당최 모르겠다. 질문하면 벼락같이 역정부터 내신다. 몇몇 선배들이 "니는 모르면 쫌, 가만있어라" 눈치가 있어야 공양 간에서 새우젓을 얻어먹는다. 선과 악 군자와 소인을 가늠하는 대구법對句法이다. 그러나 제자의 말대꾸는 절대 금지사다. 감히 스승님께 질문이라니. 내가 앉은 책상과 의자가 지게 작대기만 한 몽둥이로 부서질 판이다. 모르면 백번이고 천 번이고 무조건 읽고 외워서 문리가 틔어야 한다는데, 도대체 '문리'란 무엇일까? 아무리 궁리해도 내게는 요령부득이다.

당시, 논어 문구를 한 문장씩 쪼개 숙제를 내주셨다. 본문은 물론 비지까지 현토懸吐 띄는 훈련이다. 나의 오지랖은 남의 숙제까지 도맡았다. 우선, 빗금을 긋는다. 빗금만큼은 내가 전문이다. 내 수학시험지처럼 붉은 연필로 죽죽 긋는다. 부산에서 서울까지 문장의 길이가 팔만 대장정大長程이라도 어조사 뒤는 무조건 긋는다. "~는 ~하고 ~하며 ~하여 ~하되 ~하니 ~이니라" 현토 사이사이 간이역이 띄어 읽기다.

고문에는 부호가 없다. 목적지 실사實辭역에 가려면 숨〔,〕도 고르고, 묻기〔?〕도 하고 감탄〔!〕도 해야 마침내, 마침표〔.〕에 도착한다. 차창 밖의 청산경색은 다 허사虛辭다. 허사는 내게 정서의 실마리다. 명사 대명사 동사 형용사 부사 전

치사 접속사 감탄사 어조사, 이름하여 9 품사다. 말이 쉽지, 예나 지금이나 구 품 벼슬(공무원 시험)이 어렵다. 과연, 내 눈에 품사들이 보였을까. 오죽하면 나는 책을 무쇠 가마솥에 푸~욱, 고아 '총명탕'처럼 들이마시고 싶었을까.

문장에도 이랑과 고랑이 있다. 문장의 이치가 문리文理다. 논밭 사이에 문채를 이루려면, 연장이 필요하다. 곡괭이 삽 쟁기 가래 써레 쇠스랑 호미 등등. 나는 연장 다루는 요령을 모르니, 늘 손톱 밑이 아리다. 예전에 내가 스승님께 되바라지게 하던 질문들이 생각난다. 씨 뿌리고 김매는 노고 없이 누룽지 긁어달라던 막무가내. 지금이라고 나아졌을까. 아직도 철자綴字법 모르는 철부지(節不知)다.

어찌하면 한문을 석 달 만에 완성할 수 있는지, 속성요령을 묻는 이들이 있다. 성미가 번갯불에 콩을 볶아먹는 위인이라도 왕도가 없다. 애달고 애태우고 약발 받아야 한다. "너는, 그 세월 죽이는 짓을?" 자존심을 건드리면, 세 모서리의 줏대가 발끈, 발끈 오기가 곧추서야 한다.

제아무리 행운의 아이콘인 나폴레옹이라도 결국 영면에 든다. 어찌 생과 사를 'A는 B다'라고만 판단할까. 하루하루, 한 걸음, 한 걸음 다가가는 여정일 뿐이다. 나는 오늘도 행운을 찾고, 꽂고, 책갈피에 잠재워 마음을 보낸다. 네 잎 클로버를 보고 환하게 웃는 그대가 바로 내가 찾은 행운이시다.

데자뷔 déjà vu*

그의 꿈이 정령, 대학교수였을까. 어려서부터 공부만 했다. 강사 생활 석 삼 년 만에 부모님께서 그렇게도 바라던 꿈을 이루어 낸 것이다.

"저 푸른 초원 위에 그림 같은 집을 짓고♬" 사랑하는 임과 함께 한평생 살고 싶은, 그의 꿈은 병풍처럼 둘러선 산과 강물이 흐르는 양지바른 곳에 별장을 마련하는 거다. 평일에는 그의 부모님께서 노후를 보내시고, 주말에는 자신의 식구가 휴식할 것이며, 훗날, 잔디밭에서 손주들의 재롱을 보는 꿈이다.

꿈은 이루어진다.

앞만 보고 도전하던 시절에, 오가며 봐 두었던 물안개 피어오르는 아침과 저물녘이 아름다운 강가에 드디어 아지트를 마련했다. 산기슭이라 인적도 드물다. 그가 그곳에 있든 없든 봄이면 꽃피고, 가을이면 단풍이 곱다. 세월이 흘러도 여전히 생활이 바쁘다. 겨우 짬을 내어 별장에 간다. 그날도 발표논문 작업을 컴퓨터로 하고 일찌감치 서울로 향한다.

"아차차, 정신머리하고는!" USB를 놓고 왔다. 급히 차를 돌려 별장으로….

꿈이런가.

해 질 녘 정경이 명화다. 장작을 패던 아저씨와 식사를 준비해주던 아주머니가 '티타임'을 즐기고 있다. 밀레의 그림처럼 고즈넉하다. 그의 꿈은 정작 다른 사람이 누리고 있다. 부모님은 요양원에 계시며, 아내는 아이들 조기교육을 위해 다른 나라에 가 있다. 원룸에서 혼자 자고 혼자 먹고 세탁소에서 혼자 드레스 셔츠를 찾아 입는 기러기아빠다.

'한 줄기 푸른 산에 경치가 그윽하더니, 앞사람이 가꾸던 밭과 토지를 뒷사람이 거두는구나. 뒷사람이 거두어 얻는 것을 기뻐하지 말라. 다시 거둘 사람이 뒷머리에 또 있느니라.' 땅은 본래 주인이 없다. 자연은 변함이 없고 사람만 자꾸 바뀐다. 그에게 '청산경색青山景色'은 덧없는 아침이슬이다.

세계의 하늘길, 땅길 바닷길을 물리적으로 봉쇄했다. 언제쯤 다시 여행을 일상처럼, 일상을 여행처럼 누릴 수 있을까. 요즘, 자녀유학도 별장도 요양병원 방문마저도 차단이다. 어디서 본 듯한 데자뷔마저 그리운 팬데믹 시절이다.

* 데자뷔 : 旣示感, 최초의 경험임에도 불구하고 이미 본 적이 있거나 경험한 적이 있다는 이상한 느낌이나 환상. 프랑스어 '이미 보았다.'

* 一派青山景色幽 前人田土後人收 後人收得莫歡喜 更有收人在後頭

— 明心寶鑑

온택트하다

한 달, 혹은 한 계절이 지나면 끝날 줄 알았습니다.

'코로나 19'라는 것이 쳐들어왔습니다. 봄학기가 미뤄지고 가을이 오고…, 기약할 수 없더니 어렵사리 비대면 언택트Untact수업입니다. 저는 지금 빈 강의실에 혼자 노트북 앞에 있습니다. 도서관마다 수업방식이 달라 어느 곳에서는 ZOOM으로 어느 곳에서는 BAND로 진행을 합니다. 생전 처음 기기 앞에서 해보는 일이라 제대로 진행이 될지 모르겠습니다.

우리 과목은 〈메타논어〉입니다. 메타 논어란? '아는 것을 안다고 하고 모르는 것을 모른다고 하는 것, 이것이 바로 아는 것이다'(知之爲知之 不知爲不知 是知也). 모르는 것이 무엇인지 아는 것, 즉 '메타인지'를 찾아가는 여정입니다.

저와 수강하시는 선생님들과의 춘추는 1997년부터 어언

25년이 넘었습니다. 요즘 이 상황이 마치 6·25 전쟁 당시, 부산의 임시 천막 학교와 같습니다. 우리나라만의 문제가 아닙니다. 팬데믹 현상은 세계적인 '우선멈춤' 입니다. 언젠가는 회복되겠지요. 그러나 분명 전과 후는 다를 것입니다. 전이 남의 시선에 노출된 성공과 부귀였다면, 후는 내 마음의 격조에 집중할 것입니다. 사회적인 성공보다 개인의 마음성장입니다.

현재 수업에 접속하신 수강자분들이 누구이신지 저는 모릅니다. 모두 별명만 뜹니다. 실명으로 하면 이름과 얼굴이 알려져 개인정보가 노출되어 전화금융사기의 표적이 된다며 '닉네임'을 쓰라는 안내를 받으셨을 겁니다. '땅콩 푸른 파도 무지개 소나무 이루다 봄햇살 월은 판다 들꽃 봄밤 어린왕자…'. 이왕이면 논어 속 공문십철의 인물 '자공 자로 안연 증자 자하 자장…', 캐릭터라면 더 그럴싸했을까요. 멋지게 논어 문구 중의 '빈빈 호련 요산요수 물시어인 사무사 무불경 이문회우 호학 국궁 신독 일단사 과유불급 도청도설… ' 등이었으면 더 격이 근사했을까요.

출석 확인은 누가 몇 초 몇 분 몇 시간을 수강하는지, 실시간으로 보고 있다는 '눈동자표시'로 체크되고 있습니다. 혹시 스마트폰으로 수업에 접속하신 분들은 와이파이가 되는 곳으로 장소를 옮기셔야 합니다. 전화 요금 폭탄을 맞을 수 있답니다. ZOOM 수강을 하시는 분들은 비행기 모드로 전환하고 화면설정에 들어가 음소거하고, 초상권이 걱정되면 얼굴이 나오지 않게 설정하셔야 합니다.

선생님들도 노트북 태블릿 혹은 핸드폰 앞에 계시죠? 제 얼굴과 목소리, 그리고 칠판 판서와 방향이 바른가요? 저는 지금 일본이나 아일랜드에서 자동차를 운전하는 것처럼 방향이 반대입니다. 목소리가 들리면 손가락으로 OK 사인 보내주세요. 밴드 수업에서는 그나마 얼굴이 보이지 않으니 댓글로 답을 합니다. 앞에 보이는 작은 화면에서 댓글을 보며 답을 하려면, 다초점 렌즈로도 보이지 않습니다. 쉬는 시간에 확인할 수 있도록 질문은 댓글 창에 남겨 주시기 바랍니다. 수업 내용을 촬영, 캡쳐, 복사는 불법입니다. 그리고 이 모든 상황은 2시간 수업이 끝나면 자동 차단으로 종료됩니다.

과연, 두 번 추석을 맞이하는 동안, 순조롭게 진행이 잘되었을까?

2020년 '코비드 19' 발병 당시, 추석 무렵에는 수업 중에도 어느 구 어느 교회 어느 식당에 몇 명의 확진자의 동선이 시시각각 들어왔다. 휴대전화로 수강하는 사람들은 카톡이나 재난 문자 전화광고가 들어올 때마다 화면이 일시 정지가 되었다. 그 지역 그 현장에 가지 않고도 실제 내가 당하는 일처럼 긴장된다. 다시 원위치로 돌리려고 이것저것 누르다 보면 이미 수업이 끝이 났다.

명절 무렵이라 택배기사가 "띵똥" 벨을 누르면, "멍멍" 짖는 개를 나무라고, 학교에 등교하지 못하고 온라인 수업을 받는 아이들이 들락날락하다 야단을 맞는다. 어느 분은 카페에서 수강하니 드립 커피 분쇄하는 소리와 방탄소년단의 배경음악 '다이나마이트' 팡팡 ♬ 터지는 소리도 들린다. 그 와중에 누구 얼굴이 자꾸 뜬다고 도서관 사무실로 전화를 해서 역정을 내는 분도 있다. 강의실에는 강사 혼자 수업하고, 수강생의 집은 유아원에서 노인대학까지 휴교령이니 가족들이 북적인다. 어느 분은 성묫길인지 100m 전방에 방지턱이 있다는 내비게이션의 안내까지 고스란히 들린다.

생활 소음을 차단한다고 음소거를 하니, 유학 선비들의 음률 맞춰 강독講讀하는 운치가 없다. 강사 혼자 북 치고, 장구 치느라 숨이 턱에 붙었다. 삼강오륜 질서를 전수하는 집집의 명륜당 구실의 거실이 아수라장 난장판이다.

코로나 이전에 잡힌 일정으로 여성 문화예술 아카데미 〈어제보다 나은 나, 업글인간 프로젝트〉를 진행했다. 마스크 인간으로 연단에 올랐다. 칠곡향교에서 2021 〈영남선비문화살롱〉 특강과 구름카페문학상, 황의순문학상 수상도 사회적 거리 두기로 30% 인원만 간첩 접선하듯 행사를 진행했다. 친지의 결혼식 장례식장도 못 간다. 병원에 입원해 계신 천륜의 부모님도 뵙지 못한다. 잠시 폭우라고 여겼는데, 상황은 더 나빠져 심지어 4명 이내만 모이라고 명령한다. 명절에 가족도 만나지 못하는 상황이 왔다.

이제 강의실에 10명, 15명 면대면으로 주일마다 도서관으로 가야 하는지, 비대면으로 집에서 화면을 봐야 하는지를 전날 저녁에 공지한다. 봄가을 학기 네 번을 빈 강의실 노트북이나 스마트폰 앞에서 기를 다 썼다. 어! 그런데 이게 뭔가? 나도 마스크를 쓰면서부터 사람과 마주치기 싫다. 별꼴의 상황이 점점 편안하다.

모든 소통을 문자나 카톡 줄임말로 대체하니, 오히려 일상이 한가롭다. 이참에 나도 신선이 된듯하다. 식구끼리도 말이 없다. 날마다 소소한 감정 마찰로 뜨거웠던 온기가 거실에서도 사라진다. 티브이 음량의 데시벨이 7, 9, 11, 13으로 점점 왕왕거린다. 그 소리마저도 취향이 다른 프로그램으로 각자 방으로 들어간다. 모든 것을 사람에게 묻지 않고, 사전도 찾지 아니하고, 각자의 스마트폰으로 검색한다. 눈치 공감의 생산은 없어지고 가상공간에서 공유하는 시간만 소비한다. 사람이 귀찮아 심지어 가족마저 부담스러지는 신인류가 되고 있다.

반가운 사람을 만나도 체온으로 손잡지 못하고, 서로 주먹으로 밀어내는 인사를 한다. 제발 새해에는 차가운 접속 대신 따듯한 온기溫氣 접촉으로 '온택트*' 하고 싶다.

*온텍트(Ontact)는 언텍트(비대면)의 부정적인 면을 희석하는 신조어로 '새로운 소망'이 담긴 '새로운 대면!'

무상복지

딱 걸렸다. 어두운 시간에 방문할 사람은 저층에 사는 아이들뿐이다.

'무슨 일?' 한눈에 봐도 택배도 이웃도 아니다. 양쪽 이웃은 한 집은 일본인, 한 집은 미국인이다. 예전 미스코리아 머리 스타일의 여성이 분명 내 이름을 부른다. "마스크를 찾아가지 않으셔서요" KF94 마스크를 전해주러 방문한 통장이란다.

며칠째, 아파트 관리실에서 "쏼라쏼라~" 우리말과 영어로 65세 이상은 구청에서 지급하는 마스크를 받아 가라고 안내 방송을 했다. 그 소리만 들리면 못 들은 체 했다.

보름 전쯤, 봄학기 도서관 강사채용 용도로 기관에 제출할 건강진단서를 신청하려고 보건소에 갔더니, 코로나로 인하여 일반병원으로 가라 한다. 자주 가던 병원에서 엑스레이를 찍었다. 일주일 후, 이 무슨 청천벽력! '상세 불명의 폐렴'이라는 진료 기록을 떼어준다. 음압시설이 갖춰진 종합병원에서 CT 촬영을 하란다. 급살 맞은 기분이다. 나는 아무 증상이 없다. 열도 기침도, 무엇보다 방학이라 마음마저 편안하다. 비행기도 타지 않았는데, 유럽에서 왔다는 델타 '변이 바이러스'일까.

병의 빌미라고는 스무 살 무렵, 7년간 폐병을 앓은 적은 있다. 당시 완치하여 결혼하고, 아이들 둘 낳아 출가까지 시켰다. 20여 년 넘게 강사 생활도 무탈하게 잘했다. 죄라고는 40여 년 전 환자였던 죄밖에는 없다. '아~, 강의를 내려놓을 때가 되었구나!' 핑곗김에 잘 되었네. 스스로 통 큰 위로도 해본다. 그날따라 겨울비도 칠칠 내렸다. ㅇㅇ병원 선별진료소에 가서, 콧구멍에 막대기를 쑤셔 넣고, 가래 등을 뱉어내며 마음이 더 젖었다. 며칠 동안 피검사 엑스레이 CT 등을 촬영하느라, 옷을 벗고 입으며 서류 확인을 하다가 새로 맞춘 다초점 안경을 잃어버렸다. 온라인 라이브 수업은 돋보기만으로는 칠판과 노트북 사이를 보며 실시간으로 수강자의 댓글까지 답변하지 못한다. 안경을 놓쳤을 만한 동선을 찾아 헤매다가 수강자들과 맞닥뜨렸다.

"올해 선생님을 뵐 수 있을까?" 모르겠다며, 도서관 사이트에 평생학습 공지가 떴는데, 65세 이상은 수강 신청을 자제하라는 권고사항이 적혀있었다고 한다. 나는 2.5단계로 내려가면 괜찮을 거라며, 날짜나 놓치지 말고 공지한 수업 밴드에 가입하라고 말했다. 이분들은 십 년 넘도록 함께 논어 강독을 해 온 터다. 나보다 한두 살 위아래다. 집에 오자마자 도서관 사이트부터 들어갔다. 에구머니! 강사 공개모집에 '25~65세'라는 지원 준수사항이 보인다. 누구든 자신에게 필요한 문구만 보인다. 나는 아닌 줄 알았다. 며칠 전 해당 기관에서 온라인 라이브 BAND와 ZOOM 수업에 대한 연수도 이미 마친 상태다.

'코비드 19'가 갈라놓은 이분법이다. 여태까지 노약자 고령화라는 단어를 실감하지 못했다. 그럼 뭐냐? 65라는 숫자는. 학교도 입학하기 전에 학교 담벼락에 "때려잡자, 김일성! 쳐부수자, 공산당!" 구호로 한글을 배우고, 우리의 소원을 노래했다. "아아아~ 잊으랴, 어찌 우리 이날을 ~♬" 허리띠 졸라매고 성장하여, 셋방과 전세로 전전하다 '우리의 소원' 집을 가졌으니, 집값을 하라는 나이다. 보유세 내고, 팔면 양도세, 사면 취득세, 자식의 초가삼간 툇마루 앞에 디딤돌이라도 하나 놓아줄라치면 증여세, 조상 때부터 지닌 텃밭의 토지세에 종토세까지 이리저리 다 떼 간다. 근무하는 동안 건강보험료도 많이 냈다. 산업의 역군이니 뭐니, 누가 알아주나. "나 때는 말이야!" 모여 앉아 '카페라떼' 거품 내지 말고, '나랏말싸미'나 잘 듣는 어린 백성이 되라 한다. 시절이 시절이니만큼, 집합금지로 노인정 복지관 미술관 박물관 도서관도 휴관이다. 방구석에서 트로트 열풍이나 시청하며 세금이나 내라는 '어명'처럼 들린다.

그날, Cafe에서 서글픈 이야기를 2명 3명 나눠 앉아 성취감에 뿌듯했다. 무엇을 해냈는가. 5명 이상 집합금지 명령을 피한 요령이다. 진했던 청춘의 에스프레소 원액이 맹물단지다. 얼음 가득 채운 아메리카노 커피로 점점 싱겁게 입가심했다. 누가 묻지도 않았는데, 결기에 찬 목소리로 "지하철 무료승차권도 받지 않을 것"이며, 영화의 전당 할인 표도, 구청에서 선심성으로 주는 "마스크도 받지 않을 거"라고, 밭은기침까지 해가며 흰소리 쳤다.

"저도, 어쩔 수 없어요" 본인 사인을 받아오라네요. 나는 그동안 마스크를 줄까 봐 경비들과 눈도 마주치지 못했다고 하니, "아무에게도 소문내지" 않겠다며 기어이 남편 것까지 챙겨준다. "아니, 글쎄 우리는 아직 생일이 지나지 않아, 만 나이로는…" 그 우아한 통장이 소리 소문을 내지 않으면 뭐하나. 복도 끝 CCTV가 보고 있다. 순간, 기가 꺾인다. 나는 귀엣말로 "어서 가세요, 쟤가 다 찍고 있네요" 반공 방첩 시대처럼 샅샅이 다 찾아낸다. 사각지대도 없는 포퓰리즘 복지가 내게도 쳐들어왔다.

강사 면접 때, 나는 "수강자들에게 '희망'이 되고 싶다."라고 당차게 말했었다. 오스카 상의 여배우가 젊은 날을 회상하며, 못생겼다고 이혼당하고, 영화계에서 의상협찬도 못 받았었다. 그러나 아이 둘을 먹여 살리느라 어떤 수모도 참고 버텼더니 〈미나리〉의 수상이 내게로 왔다. "인생은 무조건 버텨보는 거"라고 말하는 것을 들었다. 연륜으로 보자면, 미국 바이든 대통령보다 나에게는 윤여정이 '희망'이다. 나도 버틸 때까지 버티면 무엇이 되려니…, 막연하게 부풀었다. 그녀가 인기에 대해 말했다는 "식혜 위의 밥풀"처럼 동동 떴던 기대가 슬며시 가라앉는다. 희망의 아이콘 여배우보다 내 나이는 열 살이나 아래다. 누가 달라 했나. 국가로부터 마스크협찬을 받았다. 복지라는 이름의 마스크로 이것저것 묻지도 따지지도 말라고 입을 막는다. 또 어느 세월쯤에 요양원에 가둬놓고 손발까지 묶어놓을지 모른다. 손은 아직 성하니, 지금 글로 쓴다.

제 3 부

운명은 동사다

도무지

온통 희뿌옇다. 위도 아래도 앞도 보이지 않는다. 하늘도 땅도 가늠이 안 된다. 나는 지금 운무 안에 갇혀있다. 이 무슨 천형天刑인가. 내가 무슨 오랏줄에 묶일 짓을 했다고 갇혀있는가. 한 겹 한 겹 물에 적신 창호지를 덧바른다. 하늘을 우러러도 땅을 굽어봐도 사형私刑받을 이유가 없다. 보이지 않는다. 들리지 않는다. 도무지*다. 육십갑자 한 바퀴 도는 동안, 도덕 시험지의 답을 밀려 쓴 것 같다.

제17호 태풍 '타파'가 밤새도록 창문 앞에서 으르렁댔다. 휘몰아치는 파도에 마린시티 도로도, 고층 엘리베이터도 정지하고, 바람이 지나가도록 길을 내줬다. '이 또한 지나가리다' 태풍보다 더 센 회오리가 마음을 강타하면 태풍 따위는 겁도 안 난다. 차라리 내 생활을 다 쓸어갔으면 좋겠다는 생각만 했다.

햇볕은 쨍쨍, 모래알은 반짝♬~. '배신 때린다.'는 말이 딱 맞다. 온통 환하다. 태풍이 훑고 간 자리, 광안대교, 뿌리째 넘어간 나무, 부서진 간판, 무너진 벽돌집, 둥둥 떠다니던 자동차와 보도블록, 거리 1층의 깨진 창문들 위로 사정없이 햇살이 비친다. 해운대 바다도 잔잔한 은빛이다. 옥탑방 창문 앞 유리창의 빛이 곧바로 통과하여 되비친다. 방안에서 선글라스로 햇볕을 피해 보지만, 밤까지 마천루의 불빛이다. 야속한 빛에 질려 그림자도 숨었다.

62층, 안개도 빛도 도무지 어쩔 수 없는 속수무책 DMZ다.

* 도모지塗貌紙의 어원 : 조선 시대에 집안의 윤리를 어긴 사람들에게 행하던 사형死刑방식이다. 몸을 묶고 얼굴에 물을 묻힌 종이를 겹겹이 바르면, 코에 입에 달라붙어 마르기 때문에, 온몸의 수분이 빠져나가 질식사한다. 가문에서 집행하는 사형私刑이다.

어버이날

엄마를 만나러 가는 길, 대구쯤의 고속도로 위를 달리고 있다. 운전하는 남편도 조수석의 아내도 말이 없다. 어색하여 라디오를 켠다.

9730, 어버이날에 즈음하여 실시간 문자메시지를 받고 있다. 어찌 그리도 자식들의 문자가 한결같이, 어버이에게 고맙다는 미담만 보낼까. 아름다워 더 슬프다.

어느 집 시아버님께서는 졸피뎀 두 알을 택하셨다. 16시간의 깊은 잠이다. 엄마는 열흘을 모았다고 한다. 남기고 싶은 말을 또박또박 공책에 써놓고, 119를 불렀다. 수면제를 어느 양만큼 복용하면 깨어난다는 정보를 진작부터 아셨을 것이다.

"자식의 반은 부모가 망치고 부모의 반은 자식이 망친다. 서로 너무 큰 기대, 서로 너무 큰 참견. 그건, '오직, 사랑'이라는 이름으로"

진행자가 끝자리 4721번의 사연이라고 소개한다. 숭고한 어버이날에 생뚱맞은 사연이다. 너무 아프게 하는 것은 사랑이 아니다. 그리고 잠시 후, 내 핸드폰에 문자 하나가 떴다.

-Web 발신 - 애청해주셔서 감사합니다. 주말에는 KBS1 라디오 〈생방송 정보 쇼〉와 함께~

돈 터치!

아이는 유모차에 실려 온다. 출근하는 어미에게서 아이를 받아 내 침대에 뉘어도 쌕쌕 콜콜 잘도 잔다. 동창이 밝아도 "굿모닝, 바하" "잘 잤니? 바하" 몇 번을 불러도 기척이 없다. 그때부터 나는 말랑말랑한 작은 손가락을 조몰락거린다. 내 마음대로 만질 수 있는 시간이다.

오래전 글 선배가 손자 이야기를 했다. 어미가 일하러 나가도 무럭무럭 잘 자란다며, 다만 안타까운 것은 "안 돼" "때지!"라는 말만 한다고. 아기 돌보미에게서 가장 먼저 배운 언어라고 했다.

친구가 외국에 사는 손자에게 다녀왔다. 손주를 잠시라도 돌봐주고 싶어 다가가면, 손사래를 치며 "Don't touch!"라며 할머니를 밀어낸다고 했다.

집의 손자 놈도 기저귀라도 갈아줄라치면, "응가 한 것 같은데…" 한번 봐도 되겠는지, 혹은 옷을 바꿔 입히려고 하는데, 벗겨도 되겠는지? 물어봐야 한다. 그냥 무작위로 제 몸에 손을 대면, 가슴을 싸안고 "안 돼요" 이마 위로 두 팔을 올려 X자를 긋는다. 그런 걸 어디서 배웠느냐고 물으니, "안전교육"이라 한다. 아마 어린이집에서 성교육을 받은 모양이다. 마음대로 만질 수 있는 시간은 아이가 잠들었을 때뿐이다.

지금, 나의 엄마는 마음대로 만질 살붙이가 없다. 마음의 병이 깊어지면서 벌써 몇 달째, 잠시도 참지 못하고 고래고래 소리 지르며, 나에게 패악을 부린다. 몇 번의 병원 입원도 수면제도 소용없다.

아기는 아무리 울어도 목이 쉬지 않는다고 들었다. 일부러 우는 것이 아니라, 본능으로 울기 때문이란다. 엄마의 쩌렁쩌렁한 목소리도 아마 본능일 것이다. 그런데 딸인 나는 엄마에게 나를 부르지 말라고, 제발 내 이름을 잊어달라고 포달을 부린다. 아무리 중증 알츠하이머 약을 먹는다고 해도, 깊은 잠에 든 듯, 무조건 가만히 계시라고, 그래야 '착한 엄마'라고, 맨날 똑같은 말을 되풀이한다. 살아있는데 어찌 소리 없고 움직임 없는 영안실 놀이를 할까. 기르는 강아지도 고양이도 마음을 붙잡을 정신도 없는 우리 엄마. 엄마의 기저귀를

갈면서 묻지도 않고 마음대로 짓주무른다. 오로지 엄마의 온기를 감지하는 시간이다.

행복, 반려 당하다

행복이란 주제로 글 청탁을 받았다. 어렵다고 했더니 그냥 쓰면 된다고 한다. 행복은? 현대인들의 외로움을 가족이 모여 지지고 볶는 된장 뚝배기와 같은 일상에 감사하는 행복을 썼다. 내가 쓴 행복은 쓸쓸한 행복이라는 이름으로 반려되었다. 사실 내 안에 행복은 틈만 나면 빠져나가려고 한다.

가장 최초의 기억이 자아를 형성한다는 어느 심리학자의 말을 들은 적이 있다. 가족들에게 물었다. 남편은 형과 함께 쌀 포대를 들고 배급을 타던 기억이 난다고 했다. 큰아이는 버스를 타고 어딘가로 가는데 창밖에 비가 내려 우울했다고 한다. 작은 아이는 햇볕 가득한 거실에서 이불을 둘둘 말고 티브이 시청을 했다고 한다. 잠재의식 속에 한 장의 삽화처럼 자리 잡고 있다. 나는 늦가을 초가의 안채와 뒷간 사이에 쪼그리고 앉아, 김이 모락모락 나는 메주콩을 주워 먹던 안온한 정경이다.

여고 때 은사님이 내 글 〈아버지의 방〉 읽으시고, 손을 꼭 잡으며 "류양의 불우가 부럽다."고 하셨다. 밥이 없거나 옷이 없지는 않았었지만, 내 주변은 늘 무채색처럼 수묵화다. 성인이 되어 만나는 사람들은 나를 기쁨조로 분류한다. 외향이 늘 명랑하고 지나치게 친절하기 때문이다. 울鬱은 원고 안에만 있다. 이토록 나는 안팎이 다르다.

일본 특유의 단시, '하이쿠'는, 완성되면 병 속에 담아 시냇가에 떠내려 보낸다고 들었다. 이제 나도 측은지심의 커다란 눈과 수수깡처럼 깡마른 소녀를 배웅할 때가 되었다. 불우의 끄트머리를 놓칠세라 붙잡고 있다. 나는 대한민국 국민이다. 헌법 제10조 조항처럼 '인간으로서의 존엄과 가치를 가지며, 행복을 추구할 권리'를 갖고 싶다. '행복 추구권' 행과 불행의 기분은 자신이 그날, 그날 정하는 거다. 마음을 열자. 삶이 별거겠나. 들숨 날숨, 코끝이 상쾌한 숨통이다. 이 원고도 또 반려되겠다.

운명은 동사다

운명, 운명을 거부한다. 아니 거부하고 싶다.

하나 딸은 엄마 팔자를 닮는다는 속설이 겁났다. 어미는 밥 먹고 숭늉 마시듯, 습관적인 '박복' 타령을 했다. "부모 복 없는 X은 서방 복도 없고…", 그다음은 자식 복이 나올 차례다. 대물림을 피하느라 어미 앞에서 절절매며 어미의 보호자가 되었다.

갑을 병정 무기 경신 임계. 자축 인묘 진사 오미 신유 술해. 사람은 천간天干 지지地支의 육십갑자 순환으로 연월일시, 사주四柱가 정해진다. 제아무리 지혜롭고 총명해도 가난할 수가 있고, 어리석고 고질병을 지녔어도 부자일 수 있으니, 숙명처럼 운명도 받아들이라는 유교적 운명론이다.

아이들이 춥다고 하면 이불을 쌓아놓고 널뛰기를 시켰다. 나는 뜨거운 옥수수 차로 몸을 데웠다. 그 꼴을 보신 시어머니께서, 아끼고 아끼면 "죽 거리가 밥거리는 된다." 그러나 큰 부자는 하늘이 낸다셨다. 순명順命의 밥거리 교훈이다.

하필이면 나는 병신년에 태어났다. 벚꽃놀이하는 봄날이었으면 좀 좋았을까. 한여름 삼복중 유월 스무 나흗날, 저녁 먹고 설거지할 무렵이다. 잔재주로 애碍가 많다는 잔나비 띠다. 말 한마디라도 따듯하게 베풀어야 근근이 살 수 있다는 사주다. 원숭이는 나무에서 떨어져야 박수를 받는다. 주기적으로 겸손을 알리는 경종이다. 운명은 찾아 나서야 길섶에서 네 잎 클로버가 보인다.

내 팔자를 바꿔 줄 행운아를 만났다. 같은 해, 동짓달 스무 나흗날 태어난 남학생과 결혼했다. 둘 다 병신 생이니 오죽이나 죽이 잘 맞을까. 남편이 초임 직장을 택할 때, 시어머님은 나를 데리고 용하다는 철학관에 가셨다. 신랑 사주를 넣었는데, 사주쟁이가 엉뚱하게 나를 바라보며 "이 며느리는 '학운'이 있다고." 말한다. 그 당시, 나는 어른들 곁에서 걸레와 행주를 들고, 개밥이나 끓이는 새댁이었다. 교직은 남편이 택하는데, '학學'이라는 글자는 나에게 터무니없다. 돌팔이 사이비라며 마구마구 비웃었다.

어느 해 봄날, 총명한 오월의 신부가 마이크를 들고 "우리의 만남은, 운명"이라며 '의리'를 지키겠다고 당차게 말한다. "그대는 나의 꿈, 그대는 나의 운명, 그대가 있기에 나도 있어요♬" 「명성황후」 OST 곡 노랫말이다. 젊은 날 내달리는 속도는 접촉사고를 낸다. 천둥벌거숭이 같은 무모한 사랑이다. 희망은 희망 사항일 뿐, 의리도 부질없다. 적어도 하늘의 명을 받아들이는 '지명知命'의 세월 정도는 버텨내야 한다. 산전수전 다 겪고 난 뒤에, 덤으로 주어지는 자신만의 믿음이 '운명'이 아닐까.

빠바바빰! 빠바바빰♬ 베토벤의 「운명교향곡」을 듣는다. 격정적이다. 춘하추동 장단 고저가 장엄하다. 집 마당 들 시냇가 자갈길을 걷는다. 동산이다. 개울이다. 물살이 세다. 소용돌이치는 폭포 아래에서 허우적거린다. 꽁꽁 얼어도 봄은 온다. 아지랑이 피어오르고, 바람에 꽃이 진다. 장글장글 여름이 무성하다. 젊은 날 떫기만 했던 땡감이 달콤한 홍시 영감이 되었으니, 가을이 감사하다. 서로 나목에 의지한다. 누가 손을 잡아 줄까. 몸은 갈수록 어둔해지는데 세월은 쏜살같다. 다가올 날들이 벼랑 끝처럼 겁도 난다. 뒷걸음치다 가속도 붙여 점프, 착지. 새끼 떠난 둥지의 불빛이 안온하다. 나의 운명 그대, 그동안 고생하셨다.

인생의 좋은 때란, 회상 속에만 있다. 현실은 언제나 버겁다. 비로소 추억을 회상할 수 있는 나이, 회갑을 지나니 안도의 숨을 쉰다. 이제 나 자신을 믿고 성장할 때다. 올해 탁상용 달력에 '천천히, 나직하게'라고 적었다. 저녁마다 빗금을 긋는다. 인생은 뛸 때가 있고, 걸을 때가 있고, 볕 좋은 날 벤치에 앉아 풍경을 바라볼 때가 있다. 언제나 서 있는 자리에서 행보를 조절한다.

유년 시절, 어미 아비의 애정전선에서 평화유지군이 되었다. 나만의 비무장지대를 만들어 다독이던 마음 밭에 개망초 꽃만 속절없이 피었다가 맥없이 졌다. 왕년에 껌 좀 씹어봤다는 말이 있다. 주경야독하며, 파릇파릇 이팔청춘에 피를 토하며 아파도 보았고, 고초당초 매운 시집의 울타리 밑에 쪼그려 앉아 눈물도 닦았다. 칡뿌리를 씹어본 덕분에 씁쓸한 맛도 호학好學이라는 보약으로 달인다. 보약의 효능은 문학이다. 감히, 이백처럼 타고난 시선詩仙이 될 재주는 없어도, 비분강개를 원고지에 담아내는 두보의 시성詩聖은 꼭 닮고 싶다.

나의 일상은 꿈의 릴레이다. 나이 서른에 오십을 꿈꾸던 여자. 속마음을 꼭꼭 여미며, 유미주의로 화양연화 시절을 누렸다. 봇물 터지듯 쏟아낼 아픔도 슬픔도 가라앉았다. 다시 해 질 녘, 드물게 드물게 희한한 기쁨이 있다는 고희古稀를 꿈꿔본다.

운명은 동사다. 청소년 시절, 피구가 무서웠다. 공의 속도에 지레 겁먹어 빨리 죽고 싶었다. 차라리 숙명처럼 뒤에서 날아오는 돌멩이라면 깔끔하게 맞아 죽었을 것이다. 그러나 운명이란 포기할 수가 없다. 이리저리 공을 피해 순응하며 살았다.

성격이 팔자다. 나는 편안함에 안주하지 못한다. 남들 보다 종종걸음쳐도 소득은 별로 없다. 불우가 자산이요, 박복이 에너지였다. 가진 것 갖춰진 것 없이도 꼿꼿한 자존감이 무기다. 묵객墨客이 되어 신변을 갈고 또 갈았다. 이즈음 철학관 돌팔이 선생이 그립다. 그는 족집게 도사가 틀림없다. 뒤늦게 '학운'을 믿는다. 나의 연창硯窓에 청복淸福이 조촐하다. 아니 조촐해지고 싶다.

나의 꿈 나의 결핍, 결핍을 아름답게 디자인하는 것이 나의 운명이다.

김씨네 편의점

'김씨네 편의점'은 인기 있는 시티콤sitcom이다. 한국에서 이민 간 부부가 운영한다. 매일 매시간 각양각색의 다문화 손님을 맞이하며 출가 전인 아들 정과 딸 재닛을 키운다. 이민자들의 애환이 좌충우돌이다. 땅은 캐나다이지만 정서의 실마리는 아직 이민 가던 시기의 한국이다.

"엄마, 낸시 엄마는 언제나 딸에게 칭찬만 해" 부모의 편의점에서 시급 아르바이트를 하는 딸에게 엄마는 눈만 마주치면 잔소리한다. 숙녀다운 말씨 옷차림 생활습관을 강요한다. 생김새도 민족성도 언어도 정체성이 헷갈리는 딸은 늘 어디로 튈지 모르는 탁구공이다. 엄마는 매번 "너 때문에 내가 죽겠다"라고 엄살이지만, 아직 둘 다 건재하다.

편의점에 오는 낸시 엄마는 우아한 차림새와 상냥한 어조로 교양이 철철 넘친다. 그녀에게 식료품 하나를 팔아도 뭔가

명쾌하지 않다. 어느 날 그녀의 딸 낸시가 소모품을 사고 카트결제를 한다. "낸시, 이 카드 정지되었어." 그럼, 이 카드로 결제해달라며 내민 카드도 잔액이 없다. 낸시 엄마는 딸에게 입에 발린 칭찬은 하지만, 경제만큼은 냉철하다.

한국 부모들은 어떤가. 수저를 잡을 때부터 "안 돼!" 소리 지르고 "빨리, 빨리!" 닦달하며 말끝마다 꼭꼭 찔러 아이들에게 한풀이 상처를 준다. "해라"체의 말투로 죽여 살려 살벌해도 있는 돈 없는 돈, 소 판 돈, 땅 판 돈, 허리띠 졸라매고 일해서 번 돈, 대출받은 돈, 노후자금에 연금까지 내어준다. 결코, 자식들이 윽박지르지 않았다. 고지서가 없어도 알아서 자진 납부한다. 그들의 커피값, 옷값, 어학연수비용, 해외 여행비, 결혼자금, 창업자금을 대주며, "미안해, 부모 잘못 만나서…," 천륜의 끈으로 죄인처럼 절절맨다.

나라고 별수 있나. 슬하지정膝下之情의 황혼 육아로 영혼까지 탈탈 털리는 중이다.

화갑華甲

병신년 유월 스무 나흗날, 목욕재계했다. 하얀 원피스에 보랏빛 사발만 한 수국 코사지를 훈장처럼 달았다. 떡집에서 모둠 떡 한 상자와 식혜 두 병을 찾고, 종이컵과 꽃무늬 냅킨도 준비했다. 동서 고가에 차를 올려 강변도로의 은빛 햇살을 받으며, 몰운대 다대도서관으로 갔다.

아침부터 푹푹 찐다. 어제, 친정엄마가 "내가 너를 낳던 날도 중복 날이었다." 61년 만에 네 생일과 중복이 겹치는 걸 보니, 그래서 환갑還甲이라며 축하 말씀을 하신다. 맞다! 나는 오늘, 6학년 1반 회갑을 맞이했다. 누가 알아주지 않아도 내 나이가 자랑스럽다. 그냥 자랑스러운 것이 아니라, 너무, 너무 자랑스럽다. 내가 '생각'이라는 것을 하는 순간부터, 나는 날마다 있는 힘을 다해 살았다. 그런 자신에게 오늘 스스로 상을 내려주고 싶다. 〈논어 에세이〉 문학 수업 반 수강생들과 '건배'를 했다. 혼자 감흥에 젖어 신이 나는데, 35명 문우들이 더 기뻐한다. 이제, 나는 아름다운 화갑華甲을 맞이하여 해 질 녘 노을빛처럼 그윽해지고 싶다. 세상은 청춘들에게 맡기고 옥탑방 별당 마님으로서 나서지 않고 조촐하게 차츰차츰 소멸하는 삶을 진행할 것이다.

수업을 마치고 남항대교 부산항대교 광안대교를 거쳐 백화점으로 갔다. 4층 아이스링크 옆 푸드마켓에 들러 '미역국 정식'을 한 상 받았다. 가격은 6천 원이다. 이 염천 더위에 어느 누가 나를 위해 이토록 따끈한 미역국을 끓여주겠는가. 목젖이 뜨끈한가 싶은데, 대책 없는 감동이 치밀어 올라온다. 주억거리며 사람들이 눈치채지 못하도록 '행복의 온도'를 조율하며 다독였다.

백화점에서 하얀 침대 패드도 두 장이나 샀다. 엄마와 남동생 내외가, 오늘 내 집에 온다. 누가 묻기를 했나. "이거, 왜 이래!" 나도, 내 편이 있다고 고래고래 소리치고 싶다.

내가 청소년 나이에 취직하면서부터, 친정엄마는 나만 보면 늘 돈 돈, 돈을 달라셨다. 병원에 드나드는 처녀 때도 그랬다. 딸이 어쩌다 친정에 가도 차비 한 번을 내 손에 쥐어주지 않으셨다. 그러니 밥값이나 양말 한 짝은 어림도 없다. 그러던 엄마가 "내가 그동안 너에게 준 것이 아무것도 없었다." 시집갈 때도 아무것도 해주지 못하고 오히려 받았었다고. 너도 이제 나이가 들어 "네 몸, 네가 알아서 돌볼 나이"라며 "내가, 돈을 좀 송금했다."라고 하신다. "세상에, 돈을요, 엄마가요?" 도대체 공이 몇 개야. 거금이다. 만약, 로또라는 것이 당첨되면 이런 기분일까. 나도 나중에 엄마처럼 자식 환갑에 슬며시 송금할 수 있을까.

그 후, 나의 뒷모습은 달라졌을 것이다. 어깨는 올라가고 아마 목소리도 커졌을 것이다. 세상에 대한 겸손은 아예 잃어버렸다. 그땐 그랬었지. 천륜이란 얼마나 어리석은가. 딸은 엄마의 어미가 아니다, 나도 엄마에게 어리광 한번 부려보고 싶다.

어르신과 아이

기개氣槪가 충천하시다.

고풍스러운 정장과 Burberry, 흰 와이셔츠에 넥타이와 중절모가 돋보인다. 지하철 노약자석 앞에 노인 두 분이 서 계신다. 그 두 분은 부산역에 있는 6·25 '참전용사' 사무실에 매일 출근하는 생존해 계신 네 사람 중의 두 분이시다. 풍채와 입성과 자세가 군복 입던 시절처럼 엄정하다.

그중 한 분이 "여보시오, 학생! 여기에 서서 계신 이 어르신 연세가 98세요" 자리를 양보해달라고 부탁하신다. 핸드폰을 들여다보던 청년이 자리에서 벌떡 일어났다. 맞은편 노약자석에서 그 광경을 바라보던 어느 노익장께서 "그렇게 말씀하시는 어른께서는 연세가 어찌 되는지요?"

"나, 나요? 나는 아직 청년이오. 이제 겨우 아흔넷이올시다."

어찌나 통쾌하던지, 집의 아들에게 "오늘, 할아버지께서 그러셨단다." 내 말을 들던 아들 녀석은 나처럼 유쾌하게 듣지 않고 "아~, 우리 할아버지는 왜 그러셨대요." 몹시 안타까워하는 기색이다. 밖에서 꼰대 노릇하시면 젊은 사람들이 안 좋아해요. "공공장소에서 우리 할아버지는 안 그러셨으면 좋겠다."라고 한다. 그런 말씀하지 않으셔도 부모님께 잘 배운 "젊은이들은 모두 알아서 잘들 일어나요." 후에 나는 지하철을 공짜로 타는 지공파가 되어도, '경로우대' 표도 받지 말아야겠다. 아버님처럼 참전했던 공적도, 유복자를 품고 38선을 넘어온 자랑스러운 어머니도 아니었으니, 제값 내고 제 자리에 잠자코 앉아 "Shut up!" 다짐에 다짐을 다진다.

입춘방

입춘방, 누가 써야 할까?

내가 썼다. 겨울이 기다려지는 이유다. 아니, 봄을 기다리는 의식이다. '동지섣달 꽃 본 듯이'를 정겨운 민체로 써서 사방의 지인들에게 보냈다. 감성이 가장 헤펐던 화양연화 시절이었다.

입춘방의 기본인 '立春大吉 建陽多慶'은 너무 뻔하다고 여겼다. 간결하게 '吉祥如意길상여의' '吉祥雲集길상운집' '樂락' 등을 예서隸書로 썼다. 서당을 개원하던 해부터는 허세를 보탰다. 산과 들에 봄이 오면, 사람은 뜻을 세운다는 '天道立春' '人道立志'를 즐겨 썼다.

이전에 살던 아파트는 50가구가 한 통로다. 달마다 돌아가며 반상회를 하는데, 사생활 침해라고 거부하는 세대가 많아지자 벌금이 컸다. 내 차례가 되었을 때, 나는 중·고등학교

때, 미화부장 했던 솜씨를 발휘하여 에밀리 디킨슨의 〈3월〉을 민체 붓글로 써서 붙였다. 반장 임기 6개월 동안, '담뱃불·애완견·층간소음'이라는 단어는 한 번도 쓰지 않았다. '불조심' 표어처럼 오로지 "단디!"라고만 썼다. 층층이 훈풍이 오르락내리락 봄이 왔다.

몇 해 전에 은행이나 구청 청사에서 입춘방을 써주는 홍보 행사가 유행했다. 곧잘 하던 짓도 남이 하면 담박 끊는 성정인지라, 그 후로는 한 번도 먹을 갈지 않았다. 삼박한 객기에 인생의 봄날이 빠져나가는 것을 감지하지 못했다.

논어에는 '仁인'이라는 글자가 100번도 넘게 나온다. 어질 '仁'자는 사람 人변에 두二다. 사람과 사람 사이의 관계, 배려다. 사람다움이 그만큼 귀하다는 말일 것이다. 그토록 귀한 인을 누구에게 줄까.

"인을 행함에는 스승에게도 양보하지 못한다." – 논어

옛말에 스승의 그림자도 밟지 않는다고 했다. 군사부일체다. 서로 손익을 따질 수 없는 관계다. 그런데 스승에게도 양

보할 수 없는 것이 인이라 한다. 과연, 요즘 스승과 제자 사이에 묻지도 따지지도 않고 다 줄 수 있을까. 혹, 자식에게 남모르게 마련해주는 표창장 위조라면 모를까. 제자는 스승에게서 나왔으나 스승보다 낫다는 '청어람〔靑出於藍靑於藍〕'의 칭찬조차 무색하다. 스승이 직업이 된 지 오래다.

도대체 그 귀하다는 인은 어디에서 구할까. 어미 뱃속에서 품고 나온다. 인의예지仁義禮智의 본성本性인 사단四端이다. 측은해하는 마음씨〔惻隱之心〕, 부끄러워하는 마음씨〔羞惡〕, 사양하는 마음씨〔辭讓〕, 옳고 그른 것을 가리는 마음씨〔是非〕이니, 벼리〔綱〕의 씨앗이 되는 심성이다.

씨앗은 발아한다. 춘하추동春夏秋冬은 원형리정元亨利貞으로, 나무에 비유하면 뿌리 새싹 꽃 열매이니 생명을 품은 천도다. 동서남북東西南北 방향을 인의예지로 나누면, 흥인문 돈의문 숭례문 숙정문. 씨앗이 자연으로 돌아가는 숙정문 앞에서, 임종정념臨終正念이 바라야 한다.

"군자는 곧고 바르지만, 작은 신의에 얽매이지 말아야 한다."

– 논어

어느덧, 나는 정貞의 계절에 들었다. 이제 빛바랜 입춘방은 뗄 시간이다.

경기 북부 두메산골에서 태어났다. 그 시절, 그곳은 살바람이 뼛속까지 추웠다. 동짓달부터 내린 눈은 사방을 가둬놓았다. 큰댁 솟을대문에 붙은 '입춘방'이 누렇게 변해도, 집 떠난 대주들이 첩실을 끼고 과수원 길로 들어서지 않았으니, "대한大寒이 소한小寒네 집에 놀러 왔다가 얼어 죽었다"는 소문만 무성했다. 나에게 봄이 멀던 시절이었다.

지학志學의 열다섯 살에 중학교 교목이 배우는 난초 '학란'이었다. 나는 늘 노심초사 〈초사란〉을 치며 주어진 환경을 갈고 닦았다. 스무 살 무렵, 서예가 죽봉 선생을 만나 행서로 난정서 성교서 반야심경을 사사 받았다. 봄기운이 담긴 봄들 '춘야春野'라는 호를 받아 여덟 폭 병풍에 낙관을 찍었다. 주경야독의 혹독한 시절에 독한 약을 한 움큼씩 삼키며 연애라는 백신으로 불운을 막았다. 서른 즈음 시집의 울타리 안에서 '봄뜰'을 가꿨다. 나무마다 매화 송이 봉긋하여 〈매실의 초례청〉으로 청매실 닮은 아들 둘을 낳고, 불혹의 나이에 '인지서당人智書堂'을 개원했다. 한학을 전수하신 의당 선생께서 인의예지를 담은 '仁智'라는 호를 내려주셨다. 예서체로 예스럽게 휘호 한 〈仁義禮智〉 편액을 서당 안에 걸었다.

“인을 빌린다는 것은 본래 인한 마음이 없으면서, 그 인을 빌려 공으로 삼은 자이다.’ 졸저 『타타타 메타』에 썼던 서문이다. 돌아보니 어지간히 그런대로 살았다. 스승님들께 인을 돌려드릴 시점이다. 그러나 그분들이 기다려주지 않으신다.

입춘방, 누가 써야 할까?

소학 동자에게 주고 싶다. 글을 알기 시작하는 8살 무렵의 아이들이 제 팔뚝만큼 굵고 뭉뚝하게 획을 그어야 한다. 입춘방을 날렵하게 잘 쓰면, 맹춘의 결기決起가 날아간다. 대문 앞을 지나는 사람들이 ‘어허, 이 댁에 학운이 치솟는구나!’ 감히, 어느 누가 겁을 먹지 아니하랴. 동장군도 북망산으로 도망간다.

천하에 봄 봄, 봄기운이 힘차다.

나이가 벼슬

"야, 너 몇 살이야?" 삿대질하는 순간, 게임 끝이다. "머리에 피도 안 마른 자식"이 나오면 졌다는 깨끗한 인정이다. 남의 시선에 비춰 보이는 신체나이보다 '냅네' 하는 허세나이다. 왜 싸우는지조차 잊어버렸다. 무시당하는 것은 싫고, 대접은 받고 싶다. 싸움에 불리하면 나이가 벼슬이다.

산골 출신인 나는 얼굴에 유난히 골짜기가 깊다. 바보처럼 잘 웃는 성격 때문이다. 가끔, "56세죠?" 묻는 이들이 있다. 아마 내 e메일주소 'rch5606'으로 추측한 것 같다. 몹시 억울했다. 오뉴월 하루 볕이 어딘데, 세 살이나 더 갖다 붙이냐며 발끈하던 당시의 내 나이는 53세였다. 56세가 그리워지게 될 줄 그때는 몰랐었다.

부산 퇴계학연구원 회원들의 평균연령은 70세다. 유학강연회 행사 때마다 의관을 갖춘 남자 어르신들이 가득하다. 여성회원은 한두 명, 그곳에서 나는 고명딸 같은 숙녀라고 생각했다. 20여 년 전, 편집위원들과 둘러앉아 회의하는데, 한 분이 나보고 무슨 띠냐고 묻는다. 잔나비 띠라고 하니, "갑장이구먼." 반가움에 내 손을 덥석 잡는다. 집에 오자마자 남편에게 '별꼴'을 일러바쳤다. 신사들은 절대 여자 나이를 가늠하지 못한다. 외간여성은 다 자기 아내 연배인 줄 안다며 '순수한 어르신'이라며 편을 든다. 그분과 나는 24년 차이, 띠동갑이었다. 올해도 구순의 건재한 그분을 뵈었다.

예기禮記에서 나라에는 태학太學이 있고, 주州에는 서序가 당黨에는 상庠, 가문에는 숙塾이 있다. 우리의 시 도 군 면 리의 교육기관인 성균관, 서원, 서당, 글방과 같다. 25가 정도의 마을 입구 느티나무 그늘에 삼달존三達尊을 갖춘 세 노인〔三老〕이 장기를 둔다. 두 분은 장군 멍군의 상대요, 한 분은 들고나는 이들의 품행을 살펴 '떡잎'을 가늠하는 훈수다. 마침, 시커멓고 커다란 승용차가 지나간다. "무슨 소린고?" "높은 사람인뎁쇼" 나라님인 것 같습니다. 나라님은 개뿔, 시정잡배겠지. 그리하여 마을 어귀에 들어서면 멀찌감치 마차에서 내려 걸어가 문안을 여쭸다. 봉황의 넥타이와 무궁화 금배지의 고관대작이라도 "저는 노, ㅇ자ㅇ자의 셋째 자식입니다.” 부모님 존함을 드날리는 입신양명立身揚名의 예절이다.

증자가 말하기를 조정엔 벼슬만 한 것이 없고 고을에는 나이만 한 것이 없으며 세상을 돕고 백성을 다스리기에는 덕만 한 것이 없느니라. — 논어

궐이라는 향당의 궐당동자闕黨童子가 있었다. 어떤 사람이 “저 아이는 장차 공부하고 정진할 수 있을까요?” 물었다. 이에 공자께서 “나는 저 아이가 어른 자리에 무엄하게 앉아있는 것을 보았으며, 또 어른과 나란히 걸어가는 것을 보았습니다. 저 아이는 빨리 성공하기를 바라는 아이입니다.”

공자 가라사대 “집안의 예절은 어른과 아이의 분별이 있고, 규문의 예절은 삼족이 화목하고, 조정의 예절은 관작의 차례가 있고, 사냥하는 예절은 직급의 일이 익혀지고, 군대의 예절은 무공이 이루어지느니라.” 어디 가나 냉수 한 그릇이라도 장유, 진퇴, 읍양의 예절이 있다. 사회질서다.

‘나이가 곱절이 많으면 부모처럼 모시고, 십 년이 많으면 형처럼 공경하고, 다섯 살이 많으면 어깨를 나란히 하되 조금 물러설

것이니라.'　　　　　　　　　　　　　　　　　　　– 예기

인생은 십 년으로서 한 마디로 삼는다고 했다. 그래서인가. 사람들은 십 년을 위아래로 사귀며 교류한다. '붕朋'은 고추(불알)친구다. 하늘의 달은 초승에서 그믐까지 점점 커졌다가 작아지니, 옛사람들이 볼 때 분명 살아있는 물건이다. 그거시기가 아니고서야 어찌 죽었다가 다시 살아나겠는가. 달月 변이 아니고 고기肉, 육달월변이다. 개울에서 벌거벗고 물장구치는 또래다. '우友'는 뜻을 함께하는 벗이다. 노스님이 산사를 찾은 청년에게 번뇌는 내려놓고 "벗이여, 차나 한잔 드시게" 여유를 권한다. 벗과 벗의 관계는 '평요우(朋友)' 친구다.

'부모의 나이는 뒤따라다니고, 형의 나이는 나란히 가되 기러기처럼 조금 뒤에 다니고, 친구 사이에는 서로 비슷하되 가지런히 할 것이니라.' 아무리 허물없는 죽마고우라도 관계를 마구 넘나들지 않아야 오래 간다.

어느 날 나는 성직자를 모시고 어느 행사장에 갔다. 평소의 친근한 마음으로 어깨를 나란히 했던 모양이다. 그분이 귀엣말로 "몇 걸음 뒤떨어지라"고 한다. 죽비가 따로 없다. 너무 놀랐다. 그동안 안행雁行을 까마득히 잊고 있었다. 그 시절, 나는 카메라의 조명만 바라봤던 것 같다. 공자는 주유열국周遊列國하는 동안, 결코 군주를 꿈꾸지 않았다. 군주를 도와 성군이 되도록 돕는 참모, 참다운 군자君子가 되기를 원하셨다.

나 같이 경거망동한 어느 영부인이 있었다. 남편 취임식날 당의를 입고 대통령과 나란히 입장하여 구설에 오르내렸다. 또 다른 영부인은 외국 순방길에 아예 남편보다 앞서 걸으며 손까지 흔들었다. 대통령이 오히려 영부인을 수행하는 꼴이 되어 "대한민국에는 의전도 없나?"는 여론의 뭇매를 맞았다.

나라에는 국격이 있다. 나이가 벼슬인 향당鄕黨들의 잔치는 이제 끝났다. 정치인은 국가를 운영한다. 취임 초기 사인방 'F4' 참모들이 노타이차림으로 커피 한 컵씩을 들고 어깨를 나란히 걸었다. '증세없는 안구복지' '외모 패권주의'라는 신조어가 뉴스에 나올 만큼 그 모습이 신선했다. 과연 그랬을까. 드디어 2020년 21대 국회가 시작되었다. '코로나 19' 바이러스가 전 세계를 강타한 상황에서 나랏일을 맡은 분들이니, 그만큼 책임이 막중하다. 나이도 외모도 부질없다. 세상을 돕고 다스리기에는 덕德만한 것이 없다는 덕치德治를 기대한다.

그럼, 나는 무엇을 할까? 세대가 다른 아들 며느리 손녀 손자의 기량을 믿고, 검은 머리 파 뿌리 정책으로 남편에게 포퓰리즘 복지나 베풀자. "여보~옹(翁), 우린 병신丙申년에 태어난 진짜 '갑장' 어깨동갑이잖소" 날마다 사뿐사뿐 가는 날까지 잘 걸어봅시다翁.

싸움의 고수

대학입시가 끝난 아이들을 부탁했다. 지인의 달걀 농장에서 달걀을 꺼내는 아르바이트 자리를 줄 수 있느냐고. 아이들이 "기가 세냐?"고 묻는다. 수천 마리의 닭들과 눈이 마주쳤을 때, 이겨낼 수 있는 기갈이 있어야 한다고 말한다. 달걀쯤이야, 쉽게 물었던 나는 '기갈'에 대해 생각해봤다. 아이들이 나를 닮았다면 어림도 없다.

싸움이란 일단 시작했다 하면 무조건 이겨야 한다. '지는 게 이기는 것'이라는 속담이 있다. '값진 은메달'이라는 찬사도 있다. 지는 것은 지는 것이다. 집의 아이 중에 운동선수가 있다. 선수는 취미가 아니다. 직업으로 살아남으려면 이겨야 한다. 운동선수는 몸으로 뛰지만, 승부의 기술은 정신의 평정이 운용한다.

"그저 바라만 보고 있지, 그저 눈치만 보고 있지♬" 어찌 기다릴까.

사육사 기성자가 임금을 위해서 투계鬪鷄를 기르는데, 열흘이 되어도 공연히 사나운 척하면서 제 기운만 믿고 있다. 또 열흘이 지났다. 다른 닭의 소리를 듣거나 모양만 보아도 덤비려고 한다. 그 뒤 또 열흘이 지났다. 다른 닭을 보면 눈을 흘기며 기운을 뽐내고 있다. 의욕만 앞선다. 그런지 또 열흘이 지났다. 다른 닭이 울면서 덤벼들어도 태도를 조금도 변치 않는다. 눈 하나 깜박이지 않는다. 바라보기만 한다. 나무를 깎아 만든 닭이다. 덕이 온전해진 것이다. 넘어뜨리면 넘어진 대로, 엎어뜨리면 엎어진 대로 눈만 동그랗게 뜨고 가만히 있다. 어느 닭이 감히 덤벼들겠는가. 무심無心만이 최대의 무기다.

관포지교

"여권·오리발·지병, 이 세 가지는 꼭 몸에 지니고 다니시라."

자타가 공인하는 정치 9단이라는 분이 사석에서 한 말이다. 어디 정치인뿐일까. 기업인도 연예인도 마찬가지다. 졸지에 불미스러운 일에 연루되었을 경우, 일단 공항으로 튄다. 기자나 경찰에게 딱 걸렸다. 잽싸게 오리발을 내미는데, 오리발 물갈퀴가 이미 찢어졌다. "앗!" 외마디 비명으로 목덜미를 붙잡고 큰대자로 눕는다. 주치의가 처방을 내린다. '면회사절·절대안정' 결재는 중환자 집중 실에서 변호사 선임을 하면 된다. 눈물을 찔끔거릴 정도의 우스갯소리로 들었는데 요즘 세태다.

자공이 말하였다. "관중은 인자仁者가 아닐 것입니다. 환공이 공자公子 규糾를 죽였는데, 따라 죽지 못하고 더구나 환공을 도와주었으니까요." 공자 가라사대 "관중이 환공의 재상으로 그를 도와 패자霸者로 만들고 한 번에 천하를 바로잡았다. 그로 인하여 백성들이 지금까지 그 혜택을 받고 있으니, 관중이 없었다면, 아마 우리는 머리를 풀고 옷깃을 왼편으로 여미는 오랑캐가 되었을 것이다. 어찌 필부·필부들이 작은 신의를 위하여 스스로 도랑에서 목매어 죽어도, 알아주는 이가 없는 그것과 같이하겠는가."

어디서 많이 듣던 소리다. 일제강점기가 그랬고, 유신정권이 그랬다. 초근목피로 연명하던 시절로 변명했다. 잘살고 보자는 보릿고개 정책이다. 정책과 도덕성은 별개다. 정책을 집행했던 분들의 사생활은 일단 묻어둔다. 국가의 부름을 받은 정치가는 임기 동안 주어진 임무만 잘 수행하면 되는 기능성 논리다.

그러나 지금은 21세기, 세상은 변했다. "뭐가 중한디!"다. 오죽하면 '공자가 죽어야 나라가 산다.'라고 했을까. 시대별로 추구하는 가치도 변한다.

국민의 안위와 경제를 책임진 사람들이 보통사람들인가.

그들이 "너 없이는 못 살겠다." "너 때문에 내가 죽는다."라며 늘어진 무화과나무에 목을 매는 보잘것없는 남녀들인가. 힘없는 나뭇가지가 부러지는 바람에 도랑이나 더럽히는 '필부필부匹夫匹婦'냐는 말이다. 자로와 같이 의리만 지키고, 자공과 같이 경제만 살리고, 자장과 같이 초고속 출세만 생각하는 자네들이 푸른 하늘의 깊은 뜻을 알겠느냐며, 정치가의 역할을 설명하는 중이다.

공자는 관중의 사생활이 그만저만함을 잘 안다. 논어 팔일편에서 "관중의 기량은 작았다."라고 하니, 그럼 "관중은 검소하였습니까?" 묻는다. "관중은 삼귀대三歸臺를 꾸몄고 가신들에게 겸직을 시키지 않았으니, 어찌 검소하다고 할 수 있겠느냐?" "그렇다면 관중은 예禮를 알고 지켰나요?" "임금이라야 문 앞에 나무를 심어 가리거늘(樹塞門), 관중도 나무를 심었다. 또 임금이라야 국가 간에 화친을 위해 반점을 차려놓거늘, 관중도 반점을 차렸다며 공직자의 분수를 질책한 적이 있다.

관중은 당시, 대부의 신분으로 성씨가 다른 세 여자를 위하여, 산 좋고 물 좋은 곳에 삼귀대를 두고, 그곳에 가신들을 따로 두어 별장 별실 반점(술 시중을 드는 외교구락부)을 설치한 것이 다 도리에 어긋남이라고 조목조목 열거했다. 그렇지만 관중 그의 정치적 역량만은 인정했다.

그렇다면 우리에게 '관포지교管鮑之交'로 더 친숙한 관중管仲은 어떤 인물일까. 공자보다 2백 년 전 사람으로 제나라 환공을 도와 패권을 잡게 한 탁월한 정치가다. 관중과 포숙아는 죽마고우竹馬故友였다. 요즘 말로 포숙아는 금수저요, 관중은 흙수저다.

사기史記에서 관중의 말을 빌리자면 "나는 전에 가난했다." 포숙아와 함께 사업을 했었는데, 분배에서 항상 내가 많은 이익을 취했다. 포숙아는 나를 욕심쟁이라고 하지 않았다. 또 포숙아 덕분에 세 번씩이나 벼슬하였지만, 그때마다 쫓겨났다. 포숙아는 시절을 잘못 만나, 때가 맞지 않았다고 나를 두둔했다. 전쟁에 나가 나는 세 번이나 도망쳤지만, 비겁한 나를 늙은 어머니를 모셔야 하기 때문이라고 변명해줬다. 내가 모시던 공자 유가 패했을 때, 소흘은 따라 죽었다. 나는 사로잡혀 욕을 당하는 것으로 목숨을 부지했으나, 내가 절개를 지키지 못한 것을 부끄러워하거나 나무라지 않았다. 임금을 위해 죽는 신하도 있지만, 임금을 위해 살아야만 하는 신하도 있다. "나를 낳아 주신 분은 부모님이지만, 나를 알아준 사람은 포숙아였다"라고 말했다. 2천 5백 년 전 '관포지교'의 우정이다.

G 선상의 아리아가 추모곡으로 연주되는 가운데 유족대표가 "시민이 시장이다."라며 그가 못다 이룬 정책을 시민에게 돌려준다고 말한다. 순간, 망자亡者는 시민으로 돌아왔다. '코로나 19' 마스크로 모두 입을 막았다. 소리 내 울지도, 비난하지도 못하는 영결식. 그는 여성의 존엄성을 말했었다. 사연을 고발한 당사자에게 "미안했다."라고 했었더라면 괜찮았을까. 무엇보다 그 일이 실제 일어난 일이기나 할까. 의문은 꼬리에 꼬리를 문다. 당사자들이 아니면 알 수 없다. 단지 관가에서 포승줄을 가져오기 전에 스스로 극단적인 삶을 선택할 수밖에 없었던 상황이 처연하다. 생전에 소박한 삶과 업적과 공로를 칭송하던 당黨들도 어느덧 전설 따라 삼천리, 봇도랑으로 떠내려갔다. 그렇지 않고서야 사대문 안, 궁궐에서 '죽어야만 나갈 수 있다.'라는 숙정문을 찾아갔을까.

양화가 공자에게 벼슬을 권할 때, 공자는 "언젠가 할 것이다"라고 우회적인 거절을 한다. 사양지심辭讓之心이다. 요즘은 사양은커녕 상대방을 짓밟고 너도나도 나선다. 시장이 '오거든, 가거든'은 어디 갔던지, 이제 서민도 오랏줄까지 챙겨야 할 판이다. "당신이 산책하면서 연못에 돌을 던지면, 그것을 맞은 개구리는 사망할 수도 있다"라는 생존의 어록마저도 얼어붙는 동지섣달이다.

공중목욕탕

옛날, 옛날 내가 아주 어렸을 땅꼬마 시절에 멱 감으러 갔다. 조금 커서 책보자기 허리에 차고 다닐 적엔 그믐날 밤 즈음, 왕겨와 양잿물로 만든 일명 쇠똥비누와 수건을 들고 동네 아녀자들이 개울에 가면 따라갔다. 속곳을 입은 채 들어갔다. 물속에선 서열도 촌수도 없다. 앞가슴 봉긋한 처녀들이 간지럼 태우는 놀이를 하면 으레 밤나무 위인지 하늘에선지 휘파람 소리가 들렸다. 올려다보면 사람은 보이지 않고 반짝반짝 개똥벌레가 은하수 별보다 빛을 낸다.

서울로 이사 와서는 부엌문을 닫아 놓고 물을 끼얹었다. 목욕간이 따로 있는 양옥은 한참 후의 일이다. 부엌도 없이 방 하나 셋방 사는 사람들은 늦은 밤 슬며시 수돗가에 나와 뒷물을 했다. 철벅 철벅 물소리가 나면, 그 시간에는 뒷간도 못 간다. 문간방에서 자취하는 처녀들도 안채에 들어와 서로 등이라도 밀어주는지 소곤댄다. 건넛방 새댁의 남편은 손가락에 침을 발라 창호지 문을 뚫는가 보다. 새댁한테 꼬집히는 소리가 들린다. 사방에서 엿보는 것을 알아도 도리가 없다. 겨울엔 그마저도 어려워 공중목욕탕을 갔다. 아무리 없는 집도, 설에 한번 추석에 한 번 때 빼고 광내는 정화의식이다.

목욕 가는 날, 나는 바빴다. 머리 감고 비누질하고 좁은 부엌에서 솔솔 끓는 양은 솥 안의 따끈한 물로 애벌을 씻는다. 목욕하러 가면서 물을 다 퍼 쓰니, 욕을 바가지로 뒤집어썼다. 그러나 고영수의 '세븐틴' 방송을 듣던 당시, 내 나이 열일곱이 아니던가. 그 정도의 몸가짐은 풀기 빳빳하게 세운 하얀 교복칼라의 자존심이다.

목욕탕에서 나오다 벌거벗은 채로 정신을 잃은 적이 있다. 팔다리 힘이 빠지며 졸음이 몰려오듯 스르르 감각이 없었다. 깊은 수렁으로 가라앉는 느낌, 기력이 완전히 떨어졌다. 그 후, 혼자서는 목욕탕을 가지 못하는 겁쟁이가 되었다. 그 당시 엄마는 딸의 등뿐 아니라 팔다리까지 씻어주었다. 난 가만히 앉아만 있었다. 지독하게 투병하던 시절이었다.

얼마 전까지만 해도 목욕탕에서의 등밀이는 품앗이였다. 등 폭이 유난히 좁았던 나는 늘 손해를 봤다. 등판 넓은 아줌마가 휙 뒤돌아 앉으면 겁부터 났다. 일어났다 앉았다, 내 딴엔 온 힘을 다 썼다. 기운을 다 쓴 나는 내 팔다리는 씻지도 못하고 기진맥진 돌아오곤 했다.

2천 년 대에 들어서며 남에게 막무가내로 등을 들이대는 사람은 없다. 탕 안에 직업으로 때를 밀어주는 세신사가 상주했다. 더구나 부산에서는 한쪽 구석에 빙글거리고 돌아가는 자동 등밀이 기계가 있기 때문이다. 혹 아는 사람이라도 만나 서로 밀어줄 때도 세신사의 눈치를 보게 된다.

내 몸을 대충 씻었다 싶으면 두리번거린다. 가장 나이 많아 보이는 할머니를 찾는다. 어느 꼬부랑 노인은 한사코 사양해도 야쿠르트를 한 병 사서 주기도 한다. 그러나 성격이 깔끔한 분은 손사래 친다. 돈이 없다는 거다. 다가가 괜찮다며 끝내 밀어준다. 씻어드린 할머니는 내 마음속의 친정 할머니다.

어느 날, 마치 밀랍인형처럼 하얗고 가느다란 여자를 봤다. 잔뜩 오므려 앉은 모습이 뼈만 앙상하여 곧 부러질 것 같다. 예전의 내 모습이다. 창백한 얼굴에 입술만 도톰하다. 내 손길이 닿는 곳마다 몸을 움츠린다. 정성을 다해 등 아래까지 꼼꼼하게 밀어줬다.

어느 날 골목 맞은편에서 높은 구두 똑똑 소리 내며 아가씨가 걸어온다. 주황색 시폰 머플러에 청색 손톱이다. 스치는 진한 향이 상징적이다. 아니? 하마터면 반가움에 인사를 할 뻔했다. 그 도톰한 입술 여인이다. 불러 세우지 않은 게 다행이다. 순간 기분이 묘했다. 애써 나는 그녀의 영혼을 씻어준 거라고 오만을 부렸다.

누군들 목욕탕에서 안 벗을 수 있겠는가. 벗지 않으면 씻지 못한다. 글을 쓰는 일도 마찬가지다. 어디에서 그동안 무슨 일을 했든지 다 벗어야 내면을 쓸 수 있다.

전신을 맡기고 누워 우유나 과일 등으로 마사지를 받는 몸도 있다. 그들은 이미 많은 것을 갖춘 이들이다. 살짝 가려진 칸막이 사이로 바라본다. 요란스레 냉 온탕을 풍덩거리며 체조에 수영까지 곁들이는 이도 있다. 어떤 이는 씻지는 않고 아는 사람과 만나 시시콜콜 남의 이야기만 한다. 머리부터 감는 이, 발가락 사이 굳은 뒤꿈치까지 사포로 밀어내는 이, 천태만상이다.

나는 어떤 부류인가. 긴 시간 탕에 머물다가는 또 쓰러질지도 모른다. 30분 이내로 급하게 밀고 밀어, 살갗이 쓰라리다. 생살이 돋느라 따끔거린다. 온 탕에 들어가 느긋하게 견

디는 사람들이 부럽다. 그들은 온탕 안에서도 남의 이야기를 다 듣는다. 탕 밖으로 나오면 술술 묵은 때 벗기듯 이야기를 풀어놓는다. 현장 언어다. 벌거벗고 하는 이야기는 덧말로 포장하지 않는다.

문학은 재능이 아니라 수련이라 말하는 이도 있다. 장신구 하나 장만하듯, 겉멋쯤으로 시작했을지 모른다. 그러나 사치로 공중목욕탕 가는 사람이 있을까. 목욕 가서 때가 안 나오는 것처럼 애석한 일도 없다.

나는 용감하다. 적나라하게 드러낸다. 삶에 찌든 농도가 진하다고 흉봐도 어쩔 수 없다. 그동안 열심히 땀 흘리고 산 흔적이다. 전에 어느 글 선배는 "아이들 혼사길 막힌"다며 다 벗지 말라고 충고했다.

육신의 때를 씻어내듯 글 안에서 영혼을 닦는다. 20년 전, 묵은 글을 꺼냈다. 주말마다 너나없이 목욕탕 가던 시절이 그립다. 요즘은 동네 공중목욕탕 굴뚝도 사라졌다. 심산유곡까지 스며들어 한창 유행하던 24시 대형 불가마나 사우나도 드물다. 주거환경이 벌거벗은 몸을 아파트 샤워부스 안으로 밀어 넣었다. 어쩌랴? '코비드 19'로 아예 목욕탕에 다녀왔다는 자체를 꺼린다. 이 묵은 때를 어디에서 벗길까.

마주 앉은 카페에서는 옷도 몸가짐도 커피 이름도, 말도 글도 치장한다. '허명' 놀이다.

벌초 단상

얼차려

음력 8월 첫째 주와 둘째 주는 벌초하는 날이다. 정신을 바짝 차려도 며느리들의 혼쭐이 끊어질 듯 팽팽하다. 전날부터 제물을 장만하고 새벽에 요기할 잣죽과 선산에서 먹을 도시락을 준비한다. 이날 어머님 목소리는 소프라노다. "여자들 열을 합쳐놓아도 남자 하나 몫을 못 한다."라며 아들 유세론이다.

벌초를 무사히 끝내고 집에 도착하는 순간까지 최고조의 긴장을 시키는 데는 풀 빨래가 제격이다. 서슬이 푸르러야 한다. 푸새하는 손길은 단 30분을 편안할 수가 없다. 삶고 두들기고 잿물 내고, 꾸덕꾸덕하게 마르는 순간을 잘 포착하여 손끝으로 자근자근 만지며 잡아당기고 꾹꾹 밟아야 한다. 고부간에 마주 앉아 진 방망이 마른 방망이 박자가 맞지 않으면,

박달나무 다듬잇방망이에 천보다 며느리들 이마가 먼저 터질 판이다. 반질반질한 이부자리나 잠자리 날개같이 얼이 비치는 정갈한 모시 두루마기는 한 송이 국화꽃을 피우기 위해 봄부터 울어준 소쩍새의 노고다. 풀-발에 서로의 마음이 베일까. 종일 신경이 곤두섰다. 차라리 새벽공기를 가르며, 낫이나 제초기를 들고 고속도로에 오르는 편이 나을 성싶다.

이발사와 면도사

풀섶만 가득하다. 그 덤불 속에 무엇이 있을 것 같지도 않다. 남편이 잡목을 후려치고 톱으로 썩은 등걸을 잘라내니 무덤이 모습을 드러냈다. 그 당시 할아버지는 무슨 사정이 있어 할머니 누워계신 선산으로 가지 못하고 홀로 구덕산 공동묘지에 묻히셨는지는 알 수 없다.

칡넝쿨이 이웃 무덤으로 얽혀있다. 전화선일까, 인터넷 선일까. 아직 노트북과 핸드폰이 없으신가. 무선으로 사용하시라고 미련 없이 넝쿨을 잘라냈다. 집에 가서 천국에 메일이라도 보내봐야겠다. 뻐꾸기도 고향을 향해 목놓아 울었을까. 피를 토하며 울어 핀다는 핏빛 엉겅퀴(뻐꾹채) 꽃대가 기다림처럼 목을 길게 빼고 서 있다. 울어도 못다 한 사연이 남았을까. 청 보랏빛 달개비 꽃도 피었다. 잉크 빛 꽃잎으로 콕콕 찍어 쓴 사연을 할머니에게 보내신 모양이다.

남편이 낫으로 듬성듬성 풀을 깎고 난 자리를 아내가 가위로 고르게 다듬는다. 마치 부부가 같이 일하는 이발소 풍경과 같다. 깔끔해진 봉분에 마무리 향을 더한다. 오이풀을 뜯어 "오이 냄새나라. 참외 냄새나라." 주문을 외우니 금세 스킨 향이 산 가득하다.

할아버지 산소 곁에는 결 고운 각시 풀이 다문다문 자라있다. 한 움큼씩 밑동을 잡고 잘라내니, 파르라니 깎은 모양이 비구니 같다. 먼발치 한 무더기는 쪽을 쪄 싸리나무로 비녀를 만들어 꽂아드렸다. 얌전한 아낙을 닮은 듯도 하다. 적적하실 때 등이라도 석석 긁어드렸으면 좋겠다.

산비탈 벌초

당숙이 돌아가신 후 당숙모님은 유복자를 놔두고 개가改嫁했다. 산소를 돌봐줄 가족이 없는 시신을 화장해 남의 묘 옆, 어느 산비탈에 뿌려주었다고 한다.

남편의 이야기를 들으며 당숙의 흔적이 될 만한 곳을 벌초하고 있다. 유골을 뿌릴 당시에는 양지바른 좋은 곳이었겠으나 반세기 세월에 무성한 소나무숲이다. 솔잎이 떨어져 언덕을 덮고 있다. 마른 솔잎이 미끄러워 자꾸 뒤로 밀린다. 솔갈비를 긁어내니, 그늘진 언덕배기 나무는커녕 풀 한 포기도 성한 것이 없다. 새색시를 잃은 어르신은 아직 어느 땅에도 정을 붙이지 못하셨는지, 푸석푸석한 마른 흙이 흘러내린다. 주변의 각시풀 몇 포기를 머리카락처럼 땋았다. 숙모님을 닮았던 처자들과 유희라도 하시라고 차마 쪽은 쪄주지 않았다.

초라한 말뚝 표지판 앞에 제물을 차리고 술 한잔 올리며 절을 했다. 곁에 있는 이웃 무덤들에 잔술을 부어드렸다. 술기운인가, 마음이 눅진하다.

적막을 깨뜨리고 서너 명의 남자들이 당당하게 올라온다. 옆에 둥그런 묘의 주인들이다. 쭈뼛거리고 서 있으려니 괜히 주눅이 들었다. 그들은 우리의 민망한 심사를 눈치라도 챘는지 묻지도 않은 이야기를 해 준다.

몇 년간 산소에 벌초하러 오면 누군가 먼저와 벌초를 해 놓았다고 한다. 누군지 고맙기도 하지만 절만 하고 가야 하는 마음이 개운하지 않아, 남의 묘를 벌초하는 사람이 도대체

"누구냐?"는 사연과 연락처를 남겼다고 한다. 그다음 해에 재일교포라는 사람이 여태껏 자기 부모 묘인 줄 알고 해마다 일본에서 나와 벌초를 했노라고 하더란다. 하마터면 묘를 빼앗길 뻔했다면서, 서둘러 비석을 세웠다고 자랑스레 말한다.

납골당

2002년에 어머님이 돌아가셨다. 돌아가시기 3년 전 병원에 입원하시면서 당신의 의지로 가장 먼저 하신 일이 32명의 유해를 함께 모실 수 있다는 공원묘지 납골당을 마련하셨다. 경남 사천과 구덕산에 있는 조상의 묘를 한군데로 모았다. 당신의 자식들이 이산 저산 벌초와 시사도 고역이지만 문중의 어르신들 모시는 일이 더 크다. 제수 비용과 용돈 대접도 섭섭하지 않아야 한다. 조상들의 유택幽宅도 후손들의 주택만큼 집치레한다. 단지 도시에 산다는 죗값 추렴이다. 때마다 큰소리치고 돈 들어가는 일은 다 맡기면서도 좋은 덕담은 없다. 그분들의 유세에 당신 아들들이 고생한다며 어머님은 단행하셨다.

여기저기 심산궁곡의 정리다, 땔감으로 나무가 부족할 때

선산이지 숲이 되어버린 산소를 찾아가기도 힘들다. 해마다 산길을 낫으로 후려치며 나무에 길 표식 리본을 묶어 놓아도 길을 잃는다. 요즘 태어난 아이들, 그 윗세대 2, 3, 40대의 어느 아들 손자 조카가 깊은 골짜기 산소를 찾아 나설 것이며, 본향이 같다는 이유 하나만으로 향당의 어르신들을 봉양할 것인가.

어머니는 여장부이시다. '동방예의지국'인 이 땅의 아버님들은 죽어도 그리 못 하신다. 윗대 조상도 조상이려니와 문중 어른들, 오촌 당숙들, 형제들, 자식들 눈치만 살핀다. '효자'라는 허상의 법망에 걸려있다. 그놈의 '체면 지국'은 타인의 시선이다. 그 결단을, 내 어머님이 내리셨다.

"얼~쑤!"

고얀, 천하에 불경스러운 며느리. 얼차려!

제 4 부

책 읽는 침대

첨벙첨벙

우산을 써도 시원치 않은데, 지나가는 차도 물벼락을 끼얹는다. 구두 속에 물이 차더니 순식간에 벗겨진다. 물살에 삽화 한 장이 떠오른다.

스무 살 무렵, 명동 케리부룩에서 빨간색 단화 한 켤레를 샀다. 월급에 비해 거금이다. 토요일 오후, 퇴계로 2가 육교를 건너 친구와 남산 길을 오르고 있었다.

남산골 중턱 한옥마을을 지나가는데, 마른하늘에서 갑자기 천둥과 번개를 동반한 비가 쏟아졌다. 골목길이 금세 봇물이다. 종이쇼핑백이 찢어지면서 구두 한 짝이 떠내려간다. 빨리 쫓아가 붙잡아야 하는데, 처음에는 허둥대다 떠내려가는 구두모양이 장난꾸러기 소녀다. 번쩍, 번개 빛에 웃음보가 터졌다. 구불구불 휘말리다 이곳저곳 곤두박질 부딪힌다. 빨강 구두 춤사위가 경쾌하다. 빗소리에 파묻혀 아무도 듣지 못했다.

하늘도 땅도. 혹시, 남산골샌님들의 훈령은 들었을까. 청렴과 결백을 삶의 목표로 경서經書를 읽다가 몰래 창호지 구멍으로 내다봤을지도 모른다.

여윈 뺨, 코와 입은 비록 쪼그라졌으나 굳게 다문 입술과 수염, 이마는 결기에 차 있다. 남루한 의복과 매무새는 우스꽝스럽지만, 앙큼한 자존심과 꼬장꼬장한 '딸깍발이' 선비정신이다. 구두는 흐르고 흘러 부산까지 떠 내려왔다. 제도권의 순탄한 행보였을까? 그 길은 하늘길도 기찻길도 고속도로도 아니었다. 40여 년 전의 남산골 빗소리가 문득, 오늘 내 발 속에서 들린다.

강의실에 들어서니, "까르르 깔깔" 해양 도시답게 웃음바다다. 짚신 삼을 여유도 없이, 사철 철없이 딸깍거리는 나막신 한 짝을 손에 들고, 물에 빠진 생쥐의 꼬락서니라니. '논어 에세이' 수업시간, 해운대도서관 생원님들이 "신신여야 요요여야申申如也 夭夭如也*" 빗소리 아랑곳하지 않고, "몸을 활짝 펴고, 마음은 온화하게" 논어 문구 사이에서 첨벙첨벙 맨발의 왈츠 스텝이다.

* 子之燕居 申申如也 夭夭如也《論語》述而篇

경부선

봄날의 연두는 아니다. 벼 베기가 끝난 짚색의 가을이다.

아침 안개에 싸인 강줄기, 철 지난 과수원, 까치밥처럼 매달린 붉은 감, 빠른 속도로 오선지처럼 스쳐 지나가는 전깃줄과 전봇대가 거의 비슷한 풍경들이다.

누가 그랬다. 가족을 위해서 열심히 생활한 주부는 무단으로 2박 3일 정도 여행할 자격이 있다고. 그렇게 따진다면 진작 떠날 수 있어야 했다. 오늘 훌쩍 자신만을 위해 기차여행의 호사를 누리고 있다.

처음 경부선 기차를 탔을 때가 떠오른다. 생전 처음 친구들과 길고 먼 여행이 가져다주는 설렘에 밤새도록 재잘대도 지칠 줄 모르던 12시간의 야간 완행열차였다. 시끄러움, 담배 연기, 조금의 틈만 있으면 신문지 쪼가리를 깔고 앉아 눈을 붙이고, 그 틈새를 용케도 뚫고 지나가는 "심심풀이 오징어, 땅콩, 삶은 달걀"을 파는 판매원들. 무질서 속의 각양각색의 사람들이 만들어내는 인정이 풀풀 넘쳤다.

새마을호를 타게 되면서, 간이역 사람들의 정겨움을 만날 수가 없다. 그들의 토속적인 억양으로 듣는 이야기, 옷매무새, 이고, 들고, 메고 다니던 짐 꾸러미를 볼 수 없는 것이 아쉽다. 이름도 예쁜 청도역을 지날 때면, 맑은 솔바람 속에서 주렁주렁 청포도가 연상되어 입안에 침이 고이고, 고모역을 지날 때면, 내 고향 포천 소흘읍 고모리의 고모님들처럼 정겹고, 옥천역은 목련꽃이 핀 마을 어귀에서 영부인이 손을 흔드는 듯해 객 적게 손을 흔들기도 했다. 역마다 이름과 어우러지는 느낌을 떠올리며, 열 손가락으로 터널 수를 세며, 영동역을 기점으로 반은 왔다며 거리를 가늠했다.

연애할 때 기차를 많이 탔다. 서울과 부산을 오르내리며 레일 위에다 돈을 깔았다. 외출 나온 군인이, 부산역에서 차마 헤어지지 못하고 구포까지만 대구까지만 하다가 서울역까지 왔다가 되돌아간 날. 군기 잡혀 머리를 거꾸로 꽂아 박고 달을 올려다봤었다고 한다. 꼬나보는 달 속에 애인의 얼굴이 있어 기합이 힘들지 않았었다는 그 말을 믿고 산다.

토박이 부산 사람과 결혼해 풍습도 말씨도 빨리 섞이지 못했다. 잠시 남의 집에 세 사는 사람이 집안 안팎을 쓸고 닦음을 게을리하듯, 꼭 얼마간 살다가 떠날 듯, 마음의 마루를 쓸고 닦고 윤내기를 게을리하니 뜨내기 생활이었다. 아이들이 말을 배우고 학교에 가면서부터 상황이 달라졌다. 아이들에게는 부산이 고향이다. 튼실하게 뿌리를 내려 주는 것이 어미의 역할이다. 서류를 떼면 남편과 아이들은 물론 내 본적지까지 부산으로 나온다.

나는 부산사람이다. 정신 차린 그날부터 '부산어묵' '부산우유' '부산일보' '부산시립 박물관', 부산문화회관, 부산시립도서관, 부산시립미술관, 책도 '釜山浦' '釜山의 脈' 부산의 환경단체 등의 문을 두드리며 부산하게 부산 속으로 쑥 들어왔다.

노력에도 불구하고, 혹 누가 어디 사람이냐고 물으면 당연히 부산사람이라고 말해도, 금방 이방인 취급을 받는다. 친정 식구나 친구들은 내가 말하는 것을 들으면 "너 부산사람이 다 되었다"고 어색한 말투를 놀린다. 부산말을 하면서 아마 억양은 서울투로 하는 것 같다. 생각과는 달리 경부선의 경계인 말이 되고 만다.

삶의 잣대는 경부선을 탔을 때 드러난다. 어느 쪽으로 가까워지느냐에 따라 마음의 무게가 실린다. 기차의 덜컹거리는 소리를 무겁고 힘들게 끌고 가는 날은 집안에 걱정거리가 쌓인 날이다. 생활의 편안함도 불편함도 기차 속도에 따라 가늠된다. 경부선은 내가 살아가는 저울대가 되어 형평성을 조절했다.

무릎 위에 책을 펼쳐놓고 밖을 본다. 멀리 보이는 산새를 보고 어디쯤인가를 짚어본다. '21세기는 고속전철과 함께' 고가다리만 계속 이어져 이도 저도 놓쳐버린다. 전에는 기차 안에서의 독서는 사람과 사람 사이를 이어줬다. 옆에 앉은 남학생이 "무슨 책을 읽으세요?" 다가오면 로미오는 읽었는데, 아직 줄리엣은 읽지 못했다며, 독서가 취미라고 은근 문학소녀를 자처한다. 아마 그 친구도 줄리엣만 읽었지 아직 로미오는 읽지 않았을 것이다. 햇볕을 차단하는 색안경이 눈길을 벗어나게 한다면, 한 권의 책은 사람을 밀어내는 힘이 있다. 책을 펴면 누구도 아는 체하지 않는다.

옆자리에 앉은 사람은 또 다른 방법으로 나를 밀어내고 있다. 이어폰을 꽂고 무언가를 듣거나 핸드폰으로 시종 앞만 보고 혼자 이야기한다. 오늘 내 옆에 누가 앉을까? 그런 낭만 자락을 펼쳤다가는 언제 신고를 당할지 모른다. 기가 차서 기차다. 기차가 기대를 저버렸다.

“오늘도 저희 철도를 이용해 주셔서 감사합니다”라는 안내 방송이 우리말로 일본말로 또 중국말로도 나온다. 한낮의 햇살에 더욱 반짝이는 63빌딩이 보이기 시작하고, 기차는 빠른 속도로 한강철교를 지나고 있다.

“종이 울리네. 꽃이 피네. 새들의 노래. 웃는 그 얼굴~♬ ”

경쾌한 리듬을 타고 패티킴은 아름다운 서울에서 살겠다고 목소리를 높이고 있다. 남산이 보이고, 눈에 익은 빌딩들, 거리풍경, 내가 다닌 초등학교서부터 거닐던 거리, 살던 집, 가족, 친구들을 다 몰고 온다. 한 장면이라도 놓치지 않으려고 추억의 확대경을 들이대며 그려본다. 내게 서울은 설레어서 서울이다.

되돌아올 때는 늘 저녁이기 십상이다. 피로감과 함께 무사히 돌아왔다는 안도감을 싣고 온다. “형제 떠난 부산항에, 갈매기만 슬피 우네~ ♪” 조용필은 왜 저리도 쥐어짜는지 “돌아와요 부산항에…” 돌아왔다, 어쩔래! 괜히 부아가 난다. 경쾌한 부산 찬가로 바꿔 틀어줬으면 좋겠다는 생각을 한다. 일상은 현실이다. 내일 아침 국은 무엇을 끓일까? 도시락 반찬은? 빨랫감, 납부기한이 임박한 세금고지서가 기찻길 옆 전봇대만큼 줄줄이 기다린다.

어디 사람인가. 태어난 곳, 자란 곳, 지금 사는 곳? 옆자리에 여행객이 물으면 나는 “경부선 사람”이라고 대답하려고 한다. 반나절이면 왕복할 수 있는 경부선 기차 안에서 요즘은 말 거는 사람이 없다. 말은커녕, 눈도 마주치지 않는다. 그뿐인가, 마스크를 벗으면 승차 거부에 벌금까지 내야 한다.

아~, 옛날이여!

5호 차

기차는 떠나기 15분 전에 개찰한다. 순발력이 부족한 나는 개찰구 맨 앞에 줄을 서기 위하여 언제나 30분 정도 일찍 서둘러 나간다. 개찰과 동시에 초등학교 운동회 날 나의 달리기 목표처럼 5라는 숫자를 향해 뛴다.

주말마다 늘 5호 차 차표를 예매했었다. 5호 차는 차비를 10% 할인받을 수 있기 때문이다. 같은 서울 하늘 아래 살아도 달동네가 있듯, 기차에도 새마을호의 5호 차는 달동네인 셈이다. 할인 요금보다 더 매력이 있는 것은 '자유석'이라는 공간이다.

방금 청소가 끝난 통로에 들어가 빈 곳에서 내 자리를 고르는 재미가 최고조다. 홀수와 짝수로 나눠 정해지는 창 측 내 측을 신경 쓰지 않고도 말갛게 닦아놓은 창가를 마음대로 선택할 수 있다. 종착역에서 내릴 때를 생각해 뒤쪽 너른 창가로 자리를 정한다. 외투를 벗어 옷걸이에 걸고, 발판과 다리 보조대를 조정하고, 등을 기대 편안한 자세를 잡는다. 그제야 뒤늦게 몰려드는 승객들을 보면서, 뿌듯한 마음이 든다. 마치 내가 기차 한 량을 송두리째 전세를 내 다른 승객들에게 나눠주는 기분이다.

언제 한번 내 것이라고 마음대로 무엇을 골라 본 적이 있는가. 자랄 때는 맏이라고 양보하고, 커서는 체면 때문에 사양하고, 염치 차린다고 물러서고, 가격 따진다고 포기했으니 기회를 놓치고만 살았다. 5호 차 타는 날은, 잠 조금 덜자고 발이 조금 수고로우면 나에게 주어지는 특혜가 눈앞에 있는데, 어찌 즐겁지 아니하랴. 더구나 내가 맡은 자리는 전세 등기에 확정일자까지 받아놓은 만큼의 효력을 발휘한다. 내가 양보하지 않는 한, 아무도 내 자리를 빼앗을 수 없다.

세상에 공짜가 있겠는가. 일반실, 특실, 비즈니스 실과는 달리 할인 혜택만큼의 불이익이 있다. 5호 차 옆 칸은 식당칸인 까닭에 식사하러 들고나는 손님들로 번잡하며, 내릴 때도 열차 진행 방향의 뒤쪽으로 물러서는 불편함은 감수해야 한다.

어느 날, 점잖은 두 신사분이 좌석번호가 명시되어 있는 일반실 차표를 보여주며, 일행임을 내세워 자리를 바꿔 달라고 떡하니 버티고 서있다. 나는 이 자리를 잡으려고, 식구들 아침밥도 제대로 못 챙겨주고, 일찍부터 서둘렀다고 사정을 이야기해도 아랑곳하지 않는다. 하필이면 왜 내 앞에서 나만 쳐다보는지, 성냥팔이 소녀처럼 처진 내 눈꼬리가 야속하다. 오히려 할인차액의 삼천 원을 얹어주겠다는 제안까지 하니, 야박한 제안에 뒤 꼭지만 가렵다.

그날은 어땠는가. 젊은 새댁이 두 살쯤 되어 보이는 사내아이를 무릎에 앉혀놓고 여행 중이다. 아이가 칭얼대고 울더니 통로 가운데를 뒤뚱거리며 헤집고 다닌다. 조카들이 그 또래인지라 동서도 올케도 고생이 많겠다고 생각하며 측은하게 여겼다. 역무원은 수시로 차내에 들어와 아이와 엄마를 단속한다. 모르는 척 외면하면 될 걸, 나는 그 민망함을 견디지 못했다.

창밖을 내다보며 자동차, 까치, 터널… 말을 시키니, 제법 또박또박 따라 하며 노는 양이 귀엽다. 잘한다고 칭찬을 하자, 신이 난 아이가 신을 신은 채 내 무릎 위로 올라서서 폴짝거리는 통에 몹시 아프다. 아픈 것보다 그날 발표할 과제물을 꺼내 첨삭과 밑줄도 그어야 하는데, 정신이 없다. 아이 엄마는 미안해하고 나는 치밀어오르는 부아를 감추고 "괜찮아요, 클 때는 다 그래요." 한마디 한 죄로, 아이에게 뺨을 맞으면서, 머리카락을 잡히면서, 부산에서 서울까지 보모 노릇을 하지 않았던가.

철도잡지인 《레일로드》에 사진작가 겸 대학교수라는 남자가 실려 있다. 그는 노트와 연필 한 자루만의 호젓한 여행을 계획하고, 수선스러운 부대낌이나 동행을 만나고 싶지 않아, 침대칸 한 량의 좌석표를 모두 끊어, 혼자만의 공간을 확보했었다는 무용담을 썼다. 대단한 경제력도 능력이려니와 대중교통수단을 혼자 점유하는 통 큰 배짱은 또 무엇인가. 그 글을 읽으며, 나는 내 옆자리도 예매할 수 있었다면, 얼마나 좋았을까 하는 맹랑한 생각을 했다.

설령, 두 장의 차표를 예매했다손 치더라도, 5호 차 사람들은 옆자리를 비워둘 수가 없다. 좌석번호가 없으니 무슨 말로도 막을 수 없다. 5라는 숫자는 열외다. 등수 밖으로 밀려나 있으니 상품을 탐내지 않는다. 6명이 달리는 대열에서 그저 꼴등이나 면해보고자 발버둥 치는 사람들이다.

행운도 노력의 결과라고 하던가. 복권에 당첨된 사람치고, 처음 샀는데 어쩌다 운이 좋아 횡재를 얻게 되었다는 소리는 듣지 못했다. 매주 산 복권이 서랍장 가득 인쇄의 역사를 보관한 사람들을 보면서 정당한 대가라는 생각을 했다.

5호 차 사람들은 서울 · 부산을 일일생활권으로 좁혀놓은 이들이다. 나처럼 새벽차를 타고, 그날 밤으로 되돌아오는 왕복권 사람들이다. 새마을호 5호 차 안에 승차한 시간만 하루 10시간이 넘는다. 더러는 그날처럼 난처함을 겪는 날도 있었지만, 붉게 충혈된 눈으로 출퇴근을 하고, 전공 서적을 보고, 노트북을 열어 자신의 꿈을 디자인하고 이뤄낸, 자칭 '개천의 용' 꿈틀이들이다. 차 안에서 코까지 골며 곯아떨어진 그들이 벗어놓은 밑창 낡은 구두. 그 신발들이 그들을 대변한다.

꿈꾼 만큼의 정직한 행운을 기다리는 사람들. 5호 차는 꿈을 실은 기차였다. 20여 년 전, 나는 일주일에 한 번 2년 동안을 새마을호 5호 차 고정고객이었다. 새벽 2시에 부산에 도착해도 눈이 샛별처럼 반짝이던 시절이었다.

빵

"빵~~~!" 길게 경적이 울린다. 텐트 안에 있었다. 자유로운 나라라며, 이런 나라도 민방위 훈련을 하는구나. 화들짝 놀라 밖으로 나갔다. 니스와 칸 사이 야영장이다. 다시 "빵~~~" 여운이 길다. 사람들이 한 방향으로 부지런히 걷는다. 뛰는 사람도 있다. 무슨 상황인지 몰라 뒤꽁무니에 바짝 따라붙어 빠른 걸음으로 뒤쫓았다.

야영장 마당에 탑차 한 대가 있다. 벌써 사람들의 줄이 길다. 어른과 아이들 강아지도 안고 있다. 대피하는 분위기는 아니다. 머리카락은 부스스하여도 눈빛만은 반짝반짝 호기심이다. 진짜 빵, 빵, 빵이었다. 고소한 냄새에 모락모락 김까지 난다. 따끈한 크루아상 바게트…, 갓 구운 유럽의 빵은 다 있다. 얼굴빛이 다른 인종은 우리 부부뿐이다. 크루아상 4개와 바게트를 치켜들고 개선장군 지휘봉처럼 걸었다. 아침마다 딸랑딸랑 소리 내며 깨우던 두부 장수처럼 새벽을 알리는 팡파르다. 그날 즉석 빵 차가 여름날의 풍경화다.

염서 한 장만한 책 한 권을 받았다. 새로운 형식의 가볍고 작은 방민 선생의《글이 무서워》책이다. 불과 한 달 전쯤, 어느 문학 잡지에서 읽은 글의 제목이다. "이곳저곳 발표한 글은 완성된 글이 아니라, '수정중지 상태로 멈춘 글'이라"는 문구가 빵 차 경적처럼 여운이 길었다. 어찌나 반갑던지. 갓 구운 빵 맛, '겉바속촉'이다. 수정중지 상태의 글이 숙성되어 배달까지 완료, 책을 펼치니 바삭하다.

블루, 크로아티아

블루, 꿈의 빛깔이다.

아드리아 해안 길을 달린다. 이곳은 앞차를 바짝 따라붙어야 한다. 구불구불 한쪽은 산, 한쪽은 바다다. 그보다 더 마음을 졸이게 하는 것은 외길 1차선이다. 세계 10대 안에 드는 자동차 여행의 비경이라고 했던가. 이 절벽 같은 길을 하루에 여섯 시간 이상 달렸다. 잔잔한 물결 너머 주홍빛 지붕이 문양처럼 보이기 시작한다.

찾아간 곳은 스플리트다. 우선 쉬고 싶다. 그만큼 독일에서 시작한 운전이 힘들었다. 멈춰 쉬고만 싶다는 건 기우였다. 물에 젖은 듯 반짝이는 대리석의 명품거리와 독특한 풍물, 즉석 생선 시장의 활기로 로마 유적지까지 생동감이 있다. 궁전 벽을 따라 언덕을 내려올 때 음악연주자들의 화음이 더 머물다 가라고 붙잡는다. 점점 사람들이 몰려와 줄 서서 걷는다.

블루, 지나치게 맑다. 카뮈가 햇볕 때문에 권총을 쐈다고 하듯, 블루도 조燥와 울鬱의 감정폭이 심하다. 가볍게 들뜨거나 깊은 우울로 빠뜨린다. 실연하였거든 혼자 동유럽에 가라지 않던가. 대륙에 갇힌 지중해 푸른빛에 매료된다. 사람들의 시선에서 벗어나기 좋은 곳이다.

이곳에서 뒤돌아 혼자 있는 남자를 지켜보라. 남자라고 지칭한 건 잘못이다. 여자를 지켜보라. 말 걸거나 위로하지 말고 그냥 지켜보라. 혹시, 다음날 오다가다 마주치면 씽긋 웃어주라. 나는 상상의 나래를 편다. 그녀 얼굴에 얼룩진 마스카라의 검은 눈물이 말끔해졌을 것이다. "아침이니, 당연히 이빨 닦고 세수했겠지." 나의 짝지는 도무지 낭만적이지 못하다. 어제 그 남녀는 한 침대에 같이 있었다고 하니, 서로 아는 사이였느냐고? 언제부터 사귀었느냐고? 또 묻는다. 눈치가 없으니 평생 나 말고 다른 여인과 연애를 못 한다. 아니, 어쩌면 내가 속고 있었는지도 모르겠다. 나는 그렇게 철석같이 남편을 믿는다.

나는 어떤가. 광장 앞, 카페가 있는 근처 호텔에서 누군가를 만나 사랑하고 헤어지는 공상을 하기도 한다. 그 연인들은 서로에게 매달리지 않는다. 윽박지르지 않는다. 어젯밤 네가 나를 가졌으니, 오늘 나를 책임지라고 징징대지 않는다. 미련 따위는 없다. 김영하의 소설 《여행자》에게서처럼, 해마다 정해진 그날, 그 호실에서 일곱 번 '밀회'하고, 일곱 번 마지막이라는 거짓말로, 일곱 번 체크아웃하면 그뿐이다. 인생은 지나가는 소낙비다. 소나기 그치면 나무와 풀은 더 싱싱한 초록 잎을 보일 것이고, 햇살은 오늘의 블루처럼 맑을 것이고, 일곱 빛깔 무지개가 나타날 것이다. 그중 오늘은 파랑 빛만 찜한다.

연인들은 죽도록 사랑하고, 죽도록 싸운다. 떠난다. 그리고 찾아온 곳이다. 몹시 아픈 사람들이 숨어들어 과거를 토해내느라 쓰린 속을 움켜잡고 속울음을 운다. 그때, 죽기 직전의 영혼이 다가와 뒷모습을 바라본다. 어느 순간, 서로에게 위로의 눈빛을 보낸다. 다시 아드리아해 아침바다가 향긋한 민트빛이다. 또 다른 만남이다. 그냥 잠깐 안아주는 난롯불 같은 사랑이다. 그들은 잠시 후, 혹은 여행의 끝자락에 또 떠날 것이다. 따뜻함과 편안함을 오히려 불편하게 여기는 상처받은 영혼들이다. 크로아티아는 그런 사람들에게 어울리는 곳이다. 그럼, 너는 그런 애절한 사랑이 있느냐고? "No, comment!" 나는 바람 소리를 토해내는 빈 병, 구경꾼이다.

두브로브니크라고 쓴 굴다리 밑으로 들어서는 순간, 군중들의 행렬이, 세계 사람들이 아니, 유럽 사람들이 죽기 전에 꼭 한번 다녀간다는 버킷리스트의 고성이다. 그렇다고 모두 올해 안에 장례식을 치를 행렬은 결코 아니다. 크로아티아는 이루지 못한 사랑을 보자기에 싸서 떠났다가 서른 해 정도 지난 후, 두부 한모에 아드리아 바다의 짠맛으로 간수를 칠 것이다. 코발트블루의 바다를 그리워하며 안주 삼아 야금야금 추억할 것이다.

거리에 유도화, 수국, 붉은 부겐빌레아 꽃이 마중 나왔다. 그곳에 인형 같은 금발의 푸른 눈, 꽃무늬 원피스를 입은 다섯 살 소녀와 공갈 젖꼭지를 입에 물고 선글라스를 낀 유럽 아기들. 쓰레기통을 뒤지는 집시 할머니. 보스니아 시절 내전과 종교분쟁을 겪고 지켜본 어르신들. 이빨 한두 개쯤 빠지고 낮술로 코끝이 붉어진 영감님들이 길거리 야자수 밑 벤치에 앉아 있다. "어디서 왔느냐?" 사진을 찍어주겠다며 환영의 호기심을 보인다.

과연 그들은 젊은 시절, 세상 사람들이 자신의 나라에 관심을 두고 찾아올 것을 상상이나 하였을까. "나?" 그래, "너!" 말이다. 체력의 한계와 정신의 피폐를 극복하느라 종종 걸음

치던 며느리 시절, 나야말로 상상도 못 했다. 내가 감히 그들의 슬픈 역사를 한가롭게 관망하고 있다니, 천지가 개벽할 일이다.

성벽에 기대서서 주홍빛으로 물드는 노을을 바라본다. 바다가 점점 인디고 컬러로 검푸르다. 고갯길을 걸어 올라와 작은 숙소에 누웠다. 총총 하늘가득, 지금 내 마음은 별 밭에 머문 열두 살 소녀다. 수수깡처럼 말랐던 어린 시절, 지구 반대쪽에서 별 바라기를 하는 흰머리 소녀를 꿈엔들 그려봤을까.

크로아티아는 별빛마저 블루다.

주홍빛, 두브로브니크

안개비가 흩뿌린다.

두브로브니크는 주홍빛이 낭만적이다. 중세의 향기로 가득한 구시가지. 기와공장에서 왜 한 빛깔만 찍어냈을까. 유럽문화의 방파제라는 크로아티아도 우리처럼 아픈 과거를 품고 있다. 대지진으로 내전으로 산전수전 공중전을 다 겪었다. 2차 대전 당시, 무분별 폭격으로 양민까지 학살당했다. "이곳은 군사지역이 아니니 폭격하지 말라"는 신호로 붉은 기와를 택했다고 한다. 주홍은 생존의 빛깔이다. 유럽에서 가장 아름답다는 성벽을 거닐며 일주일가량 머물 예정이었다.

자동차를 어디다 세울까? 동네 골목을 둘러보다가 문 앞을 청소하는 노파를 만났다. 방을 구한다고 하니, 우리를 옆 골목으로 안내해줬다. 숙소주인은 초로의 부부다. 간판은 그럴싸하게 입구에 붙었으나, 70년대 우리나라 어느 작은 해안

가 근처의 민박집 수준이다.

숙박비는 80유로다. 에어컨 냉장고 화장실 주차장이 없다. 숙소로서는 불합격이다. '살아서 천국으로 가려거든 두브로브니크로 가라'라는 말이 있다. 바로 몇 미터 코앞이 유럽 사람들이 죽기 전에 몰려온다는 성벽이니, 숙박비가 비싼 것은 결코 아니다. 아마 남편은 보름 정도 강행군하던 일정과 물류를 운반하는 트레일러가 줄 서서 질주하는 도로상황에 지쳤던 모양이다. 나의 의견을 더 보탤 수 없는 강압적인 투로 이틀을 구두로 계약했다.

이틀 이상 머물면 하루에 10유로씩 깎아준다는 언약도 받았다. 그러나 기본적으로 침대가 있는 방의 잠금장치가 없다. 내 남편과 내 아이들과 사는 집에도 잠금장치로 프라이버시를 지키는데, 여기는 이국땅 크로아티아다. 두브로브니크 성벽 앞의 언덕배기 집. 잠시 한 바퀴 돌고 오니 주차단속 딱지가 붙었다. 분명히 숙소주인이 자기 집 근처에 차를 세워도 된다고 했다. 3시간 오버인데 1박짜리다. 약이 오른 우리에게 민박집 부인은 자신이 담갔다며 노란색 술병으로 너스레 선심을 쓴다.

뭔 줄 알고 마시겠나? 아무것도 믿지 못하겠다. 인도의 아그라에서는 아무 데서나 먹지 말라는 말이 있다. 음식에 복통약을 넣어, 배 아프게 한 다음 병원 응급실로 데리고 가서 며칠 입원을 시키고, 의사와 숙박업소 음식점 주인이 나눠 먹는다는 '아서라, 말아라!' 아그라의 유언비어가 떠올랐다. 주인이 마시기를 기다리며 서있다. 사약이 따로 없다. 국제적 매너는 지켜야 할 것 같아 "베리 나이스!"로 건배사를 외쳤다.

두브로브니크 광장에서 놀았다. 성안 골목 식당에서 명물이라는 문어 탕과 맥주를 한잔하고 숙소에 도착하니 문을 철통같이 잠갔다. 노크하니 언짢은 표정으로 나와 차이니즈들은 별수 없다고 머리를 가로젓는다. 우리는 중국인도 아니며 그렇게 늦은 시간도 아니고 자기가 집에 있어서 문 따위는 괜찮다고 했었다. 나갈 때 앞 베란다에 널어놓은 빨래가 방 안에 있다. 짐 점검을 받은 느낌이다. 더구나 화장실에 들어가 땀이라도 씻으려니, 그 집 세탁기가 왕왕 돌아간다. 세탁기를 가림막으로 삼아 몸을 낮춰 샤워하라는데, 언제 기습적으로 쳐들어올지 몰라 불안하다. 물만 몇 번 끼얹는데 물보다 진땀이 범벅이다.

그나마 화장실도 복도에 있다. 자기네가 있어서 괜찮다고 거듭 말하지만, 우리가 겁나는 건 바로 자기네다. 계약서가 있나, 영수증이 있나, 돈을 선지급했으니 오로지 그 방에 누워있어도 된다는 말씀인데, 우리가 조금만 부스럭대도 어느 틈에 있었는지 앞 베란다 문으로 들어온다. 마치 부모 몰래 가출한 비행 청소년이 감시받듯, 우리 부부는 돈 내고 눈치를 보는 신세가 되었다.

나는 여자에게 화장실이 얼마나 중요한지 남편에게 일장 연설을 했다. 더구나 화장실 인심이 야박한 유럽 땅, 길거리에서 "하이? 땡큐!"보다 더 많이 사용한 단어는 단연 "토일렛?"이다. 나에게 필요한 건 잠 안 오는 밤에 석삼년 만나지 못한 임보다 절실한 건 요강단지다. 가장 원초적인 욕구, 배변이 불편한 곳에서 하룻밤 아니라 한 시간도 불편하다고 사정했다. 다음 날 아침, 그 집을 나왔다. 그냥 나온 것이 아니라, 애초부터 있지도 아니한 열쇠를 분실했다고 우기는 주인에게 열쇠 분실요금 20유로를 주고, 주차 오버 벌금 360 쿠나를 은행에 내며 은행수수료 10%까지 얹어 지급했다. 아예, 두브로브니크의 일주일 예정을 이틀로 마감했다.

차라리 인터넷으로 예약 손님을 받고 카드로 수수료 지급을 요구하는 젊은이들이 더 낫다. 그들은 숙소로서의 모든 조건을 인터넷 사이트에서 사진으로 보여준다. 어수룩한 촌부의 모습으로 막무가내 바가지를 씌우는 교활함이라니. 침대 시트를 바꾸겠다며 나에게 매트리스를 "이리 들어라. 저리 들어라"라고 명령까지 한다. 나는 한국말로 "어머! 이 사람 좀 봐, 아주 대놓고 일을 시켜"라고 하니, 눈치는 있어 "쏘리" 라며 어색하게 웃는다.

지중해 상인들이 모여서 상거래를 했다는 곳, 두브로브니크의 상도덕은 어디에 있나?

'우리의 법은 저울을 속이는 것을 금한다. 상인들이여! 당신의 물건을 잴 때 당신의 양심도 저울에 단다는 것을 명심하라. 그리고 신은 당신의 모든 행위를 지켜본다는 것을 잊지 마라.'

궁 앞에 새겨진 선언문만 반짝인다.

붉은 기와의 두브로브니크 민박집만 나무랄까. 우리도 "잘 살아보세, 잘살아보세. 우리도 한번 잘살아보세♬" 노래하며 먼저 본 사람이 주홍빛 오렌지만 까먹으면 장땡이던 경제개발 시절을 겪었다. 지금 세계 최고의 브랜드 스마트 폰으로 내비게이션을 켜고 지구 곳곳을 누빈다고 여행자의 메너까지 스마트해졌을까. 결코, 장담할 수 없다. 여행 중, 평생에 한

번 만나는 인연이다. 선조들이 지켜낸 상도덕을 욕되게 하다니…. 천둥 번개 치며 장대비여, 쏟아져라. 나의 옹졸함이 씻어질 수 있도록!

책 읽는 침대
-스페인 세비야

세비야 골목길 가운데를 터덜터덜 걷는다. 커다란 캐리어를 질질 끌고 간다. 무슨 사연이 있기에 이 늦은 시간 헤매는가. 남편이 하는 말이 한 시간 전에도 그 여학생을 봤다고 한다. 아마 길을 잃은 것 같다며 "익슈큐즈미?" 다가간다. 정말, 한국 사람이다.

여학생은 핸드폰 배터리가 다 되었다고 한다. 핸드폰 안에 숙소 주소와 현지 전화번호 지도가 다 있다며, 2층인 한인 민박집 이름만 안다고. 그러나 민박집 간판이 없다. 1층은 인테리어 가게라며, 그녀는 지금 인테리어 숍만 찾는 중이다. 이 동네는 시도 때도 없이 낮잠 시간에도 셔터를 내린다. 더구나 밤이다. 철 셔터에는 그림이나 낙서로 문인지 벽인지 도무지 알 수 없다. 종로에서 김 씨를 찾는 격이다.

인도 여행 때도 두 명의 한국 여성이 아침 일찍 바라나시 알카호텔에 왔다. 방이 있느냐고 묻고 매니저는 없다고 한다. 말이 좋아 호텔이지 70년대 땅끝마을 민박집 수준이다. 그녀들은 눈도 제대로 못 뜨고 곧 쓰러질 것처럼 보였다. 아마도 바라나시 오는 기차를 열여덟 시간인 줄 알고 탔다가, 우리처럼 서른 시간쯤 걸려 왔을 것이다. 그때 나는 호텔 매니저 몰래 그녀들에게 우리 방 열쇠를 줬다. 침대 위에 속옷이 널브러져 있고 먹던 식빵 조각이 흩어져 있다. 창문은 없지만, 그래도 졸졸 물이 나오다 끊어지는 샤워기와 화장실이 있으니, 일단 한숨 자라고 했다. 마침 우리는 가트 옆 화장터 순례를 나가려던 참이라고 둘러댔다. 반나절 거리를 헤매다 돌아와도 기척이 없기에 남편과 나는 숙소 옥상에서 언제 기상을 하려나 망을 보았었다.

프랑스 아를에서도 단기 어학연수를 마치고 돌아가기 전 여행하는 한국인을 만났다. 제 키만 한 배낭을 짊어지고 게스트하우스를 찾지 못해 사색이 된 여학생이다. 우린 그때 자동차를 빌려 프로방스 지역을 돌고 있었다. 그 여학생을 태워 몇 바퀴 비슷비슷한 지명과 건물 사진을 비교해보며 숙소를 찾아준 적이 있다. 배낭을 멘 채로 걸어서 그날 안에 찾기는 매우 어려운 숙소였다.

이번에는 도움을 줄 수가 없다. 자동차도 없고, 우리 둘의 휴대폰은 애플도 아니고 유심칩도 없다. 더러 한국 학생들이 지나가니 그들에게 도움을 청해보라 하고 숙소로 돌아왔다. 그때부터 걱정이 시작되더니, 죄의식까지 든다. 데리고 올걸. 펼치면 침대가 되는 여분의 매트도 있는데. 그러나 원하지 않는데, 난처하게 만드는 일도 있다. 내 딸이려니 싶어 다가가 친절을 베풀면, 바로 영어로 말하는 젊은 여학생들을 보았다. 나는 한국 사람이 아니라는 차단이다. 여러 번 겪은 일이다. 나와서까지 한국 어른의 참견을 받고 싶지 않다는 거절이다.

정의의 사자, 나의 남편은 적극적으로 도와주지 못한 아쉬움이 양심을 넘어 인류애로써 자책한다. 방에 들어오자마자 노트북으로 '책 읽는 침대'를 검색한다. 그 여학생이 찾고 있는 민박집이 1호점 2호점이 있다며, 여학생을 만났던 그 거리에 다시 찾아가 볼 거라고 한다. 그 자리 찾아가기는 어디 쉬운가. 우리도 길을 알아서 그곳을 걸었던 것이 아니다. 그냥 불빛 따라 사람 따라 배회하던 골목이다. 그리고 그 여학생이 아직 그 자리에 있을까. 해외여행을 혼자 오는 아이들이 얼마나 똑똑한데, 세상은 골목마다 CCTV가 다 있는데, 스페인 경찰이 길 잃은 외국 여학생을 안내해줬을 것이다. 그리고 무엇보다 삼삼오오 당당하고 명랑하게 돌아다니는 한국 아이들이 길에 많던데…. 그 아이들은 길에서도 와이파이가 팡팡 터지던데…. 나중에는 불안한 마음에 방안에서 둘이 서로 언성을 높이며 싸웠다.

설령, 그 여학생을 찾았다 하더라도 중장년의 남성을 뭘 믿고 순순히 따라오겠는가. 오히려 피할지도 모른다. "다녀오세요." 그 대신 1시간이 넘으면 당신마저 길을 잃을 수 있으니, 곧바로 돌아오라고 다짐을 받은 후 내보냈다. 아니나 다를까. 돌아와 여학생은 그 자리에 없다고 한다. 있을 리가 없다. 남편은 검색했던 민박집도 찾아갔었다고 한다. "오늘, 빨강 색 캐리어를 든 여학생이 안 왔느냐?" 주인도 퇴근한 숙소를 방방이 다니며 호구조사를 하였다니, 그 또한 아닌 밤중의 홍두깨다.

사이트에 어렵게 표기해 놓은 민박집을 욕한다. 일부러 못 찾게 해놓은 것 같다며 흥분한다. 정말 그렇단다. 스페인 당국에 영업 신고를 하면 세금을 많이 내야 하니, 간판보다 우리말 인터넷 검색으로 찾게 하는 민박집이 많다고 한다. 결국, 그 여학생은 만나지 못했다. '괜찮을 거야' 둘이 서로 위로한다. 우리나라 아이들은 글로벌하다. 인터넷 강국이다.

영어도 잘하고 무엇보다 '한비야 언니' 후예로서 세계 각국을 누비는 바람의 딸들이 아닌가. 안심하다가도 또 불거진다. 내일이면 우리도 바르셀로나로 떠나야 하는데, 이 깨져 박살 난 사발처럼 생긴 골목에서 어찌할까. 잠 못 이루는 세비야의 밤이다.

이슬람 뮤지엄 알카 궁전을 관람하면서도 마음은 어젯밤 길을 헤매던 여학생에게 가 있다. 점심을 먹으러 골목 식당을 찾아가는 길, 자동차가 한 대가 지나가면 사람 하나 비껴가기도 좁은 골목에 때론 자전거도 지나간다. 배를 등 뒤로 붙이고 벽에 달라붙어 피하다 버럭 소리를 질렀다. 그리고 나도 모르게 등짝을 후려쳤다. "어머! 어떻게 되었어요?" 딱 맞닥뜨렸다. 눈물이 핑 돈다. 와락 껴안으며 "아유~ 고마워요!" 고맙다, 고맙다고 몇 번이고 그녀의 등을 쓸어내렸다. 글쎄, 이름이라도 알아야 어디다 신고를 하든지 찾든지 할 것 아닌가. "도대체 이름이 뭐예요?"

어제 윤현이라는 이름을 알았더라면 괜찮았을까. 이렇게 마주치지 않았더라면 평생 마음에 빚을 질 뻔했다. 그 여학생도 내 남편이 찾아다닌 이야기를 누군가에게 전해 들었다고 한다. 그녀는 여행을 시작한 지 한 달째이며 포르투갈에서 스페인 세비야로 들어오는 길이였다고, 아직 한 달은 더 서유럽에 머물 것이라며, 배터리 탓이라고 담담하게 말한다. 역시 대한의 딸이 맞다.

'여행은 서서 하는 독서'라고 했던가. 침대는 자는 곳이라는 고정관념으로 우리 부부는 또 오지랖을 폈었다. 그녀의 남은 여정에 "Hola? hola! hola~"

옐로우, 헤르체고비나

가도 가도 벌판, 일부러 농로를 달렸다. 마주 오는 상대방 차선에서 자동차 라이트를 반짝여준다. 100-80-60 -40 시속이 떨어지는 구간에는 경찰이 속도위반을 잡고 있다. 60년대 우리의 정서처럼, 민간끼리 조심하라며 주고받는 깜빡이가 정겹다. 드디어 안개 짙은 길가에 호박꽃이 보인다. 호롱불 같은 호박꽃은 민가가 멀지 않다는 안온함이다.

비가 내린다. 장대비다. 비도 피할 겸, 우산을 사러 마트에 들어갔다. 마트 앞이 금세 봇물이다. 샌들 한 짝이 벗겨지는 것이 대수가 아니라 내 몸이 우산대와 함께 떠내려갈 판이다. 마트 안에 웃음소리가 빗소리보다 크다. 동네 사람들은 우리 꼬락서니를 구경한다. 마치 봄날, 동물원 원숭이 바라보듯이. 자신들하고는 전혀 다르게 생긴 동양인을 그 동네에서는 처음 보는 모양이다. 경찰까지 자신의 핸드폰으로 우리를 사진

찍는다. 나는 'V' 사인으로 화답한다. 처마 밑에서 번쩍 "우르르 쾅쾅" 천둥 번개에 빗물을 눈물처럼 흘릴 건 뭐 있나. 엎어진 김에 쉬어가자.

이른 저녁을 먹기로 했다. 너무도 당당하게 레스토랑에 앞장서서 들어갔다. 꼬지 두 개, 감자튀김과 콜라 한 병을 시켰는데, 공깃밥 갖다 주듯 빵을 한 바구니 갖다 준다. 동유럽은 1인분만 시켜도 양이 지나치게 많다. 먹고 남은 빵 3쪽을 주섬주섬 싸는데…, "욕심!"이라는 말이 들린다. 뭐라! 욕심? 욕심이라고. 자존심 어디에다 두었니. 무료로 뭐 준다고 할 때, 다른 사람 밀치고 뛰어가 하나 더 받으려 할 때나 쓰는 단어다. '욕심'이라는 말을 더구나 내 남편에게서 듣다니 더 억울하다.

모스타르 숙소는 조식 포함 40유로다. 인터넷 팡팡. 주차장 무료에 침대가 3개나 있다. "아일락?" 아일락은 숙소 여직원 이름이다. 아일랜드와 라일락을 연상하며 그녀의 예쁜 이름을 외웠다. 아일락의 쾌활한 친절이 넘친다. 내 여행 가방은 아주 가볍다. 남편이 주차하러 지하에 들어간 사이, 내 가방을 번쩍 들고 계단으로 잽싸게 올라간다. 나는 "괜찮다"라며 쫓아 올라갔다. 그녀는 아주 뚱뚱했는데 서비스는 날쌔다.

방 앞에서 “아일락은 미소가 참 예쁘다”라며 두 팔로 꼬~옥 감싸 안아주었다. ‘아~ 나, 바보 아냐!’ 관광지에서 과분한 대접을 받았을 때 만국의 공통언어가 있다. 철들자 망령 난다더니, 다음 날 아침 그녀가 보이지 않을 때야 섬광처럼 스쳤다. ‘팁’ 팁을 주었어야 했다. 나의 세련되지 못함이여.

여행에서 한국 청년들을 만나면 대부분 눈시울이 촉촉해진다. “왜?” 왜냐고 물으면 자신의 부모님이 떠 오른다고 한다. 부모들은 본래 친하지 않은 줄 알았단다. 자기네 부모님들도 함께 여행 다니셨으면 좋겠다고. 어머니는 친구들과 자주 다니는데, 아버지는 …, 말끝을 흐린다. 자신들 때문에 할 수 없이 부모님이 함께 사는 것 같아 죄송하다고 말한다. 그에 비해 여성들은 명료하다. “좋아 보여요.” 우리 부부의 현재 모습만 본다. 30년 후의 자신들의 모습을 상상한다. 역시, 남자들은 부모의 현실을 생각하고, 여자들은 먼 훗날 자신의 행복을 꿈꾸는 것 같다.

청춘보다 귀한 것이 있을까. 나는 그들을 바라만 봐도 좋다. 내 연배 또래의 여행객보다 아이들이 먼저 보이는 이유다. 머리 빛깔과 피부색이 달라도 통통한 다리에 핫팬츠도 예쁘고, 원피스 자락 나풀거리며 삼삼오오 거리를 산책하는 모습도 사랑스럽다. 챙 짧은 밀짚모자를 쓰고 찢어진 청바지에 카메라 하나 달랑 메고 혼자 여행하는 청년도 싱그럽다. 거리에서 뽀뽀하고 스킨십 하는 연인을 보면 내 입안도 달콤하다.

우리 부부는 낮과 밤으로 낯선 나라를 달리며 불안하다. 중앙선 넘어 컨테이너 두 대 사이를 추월할 때, 죽는 것보다 사고에 대처할 능력이 두렵다. 팔을 뻗어 손잡이를 잡고 눈을 감아버리거나 헛발로 브레이크를 밟는다. 말없이 몇 시간이고 달리다가 경치 좋은 곳에서 사람을 만나면 그때부터 목소리 톤이 올라가며 신이 난다. 누군가의 시선 마사지가 있어야 표정도 옷매무새도 가다듬는다. 여행에서 사람이 가장 귀하다는 궁색한 변이다. 우리는 '에덴동산'의 낭만을 꿈꾸기에는 이미 지나간 청춘일까.

초원에 마타리, 지칭개, 보랏빛 공작, 미모사, 마거릿, 은방울꽃으로 두 주먹만 한 꽃다발을 만들었다. 자연이 선사한 아름다움이다. "던져, 던져!" 어서 던지라는 지인들의 주문이 없었다면, 결코 놓고 싶지 않았던 웨딩 부케와 닮았다. 하얀 면사포를 썼던 날처럼 이국적인 풍경에서 '오늘 여기'라는 보너스로 에너지를 충전한다.

꽃 사진과 함께 친구 레베카 수녀에게 문자를 보냈다. "여기는 보스니아 헤르체고비나! 이슬람과 가톨릭이 공존하는 곳. "청군 이겨라, 백군 이겨라" 깃발 쳐들고 편 갈라 응원하던 우리, 너도 이곳에 한 번 다녀갔으면 해." 친구가 답이 없다. 거리의 시차거니 했다. 친구는 수녀가 되기 전, 우리 고등학교 군사훈련 때 연대장이었다. 반공 방첩, 수시로 간첩이 나타나던 시절이다. 학교마다 교련복을 입고 제식훈련을 받았다. 친구는 작은 키로 어깨를 들썩이며, 학교 운동장이 진동하도록 구령 소리가 우렁찼었다.

평화를 바라며 끊임없는 종교분쟁과 내란으로 피폐해진 헤르체고비나. 그들의 일상은 먼 나라 사람의 생김새가 신기하여 가는 곳곳마다 친절을 베푸는 소박한 사람들이다. 그렇다. 국적·이념·종교가 무슨 소용이란 말인가. 레베카 수녀는 내가 여행하는 그즈음, 보스니아를 와 보기도 전에 요단강을 건너갔다. 그가 올 곳을 내가 왔다.

비에 젖은 노란 호박꽃이 그녀의 근조등을 대신했다. 서둘러 먼저 간 그곳에서 내내 따듯하고 평화롭기를!

난민촌

네팔, 그곳은 그가 살고 싶어 하던 곳이다. 남편은 그곳에 가려고 명예퇴직을 하고 어학연수까지 떠났었다. 그해에 네팔 카트만두에 지진이 났다. 그 현장은 허망하게 건물과 사원이 다 내려앉았다.

아이들을 결혼으로 분리 독립시키고 눈 앞에 펼쳐진 노후는 꽃길만 걸을 거라고 여겼다. 웬걸, 복병이 나타나 부부를 옴짝달싹 못 하게 붙잡았다. 자진해서 유배 생활을 시작했다. 바로 손자 녀석이다. 꿈에 그리던 '제2의 인생'은 밑그림부터 다시 그려야 한다.

현재 뾰족탑 옥탑방에서 아이를 돌보고 있다. 그동안 그런대로 잘살아왔다. 인생 한 바퀴 돌아 다시 시작하는 나이다. 나는 여행을 가자 했으며, 남편은 이제 더는 나다니지 말자고 했다. "당신, 네팔 가고 싶어 했잖아요." 네팔은 내가 그에게

주는 선물이다. 물론 네팔에 살려고 가는 것은 아니고, 잠시 휴정하는 시간이다.

새벽에 공항으로 가는 택시를 탔다. "어디를 가느냐?" 네팔이라고 하니 "네팔은 별이 아름답다고 들었다"며, 어느 부부가 네팔로 이별 여행을 갔다가 별빛이 너무 아름다워 다시 돌아와 잘살고 있다고 기사가 말한다. 포카라의 별빛은 그럴만 했다.

남편은 히말라야 안나푸르나 A 코스로 셰르파 한 명과 등반을 떠났다. 나는 날마다 페와호숫가에서 땅따먹기 놀이처럼 동서남북으로 몇 킬로씩 더 멀리 걸어 다녔다. 티베트 난민들이 사는 난민촌은 아주 낙후된 곳이다. 한국인이 운영하는 여행안내소 '놀이터' 청년이 "나는 잘사는 나라 코리아에서 왔다." 그런데 내가 여기서 스쿠터 타고 다니는데, 그들은 난민이라며 왜, 외제 차를 끌고 다니느냐? 난민촌에 볼 것도 없으니, 가지 말라고 단호하게 말린다. 그는 네팔 온 지 6개월이나 되었는데, 아직 한 번도 안 가봤다고 한다.

난민은 선택한 삶이다. 배가 고파 빵을 구하러 올 수도 있지만, 자유를 선택해서 올 수도 있다. 수입차를 타는 것은 당연하다. 네팔 자체에서 생산하는 차가 없으니 다 수입차다.

일단, 물질이든 정신이든 잘 살려면 꼬인 마음부터 풀어야 한다. 나부터 그러고 싶다. 외국인 여자가 혼자 다니는 것은 소매치기의 표적이 되며 목숨도 위험하다고 겁을 준다. 나는 간은 작은데, 어딜 가나 사람은 겁내지 않는 편이다. 그들의 눈을 쳐다보며 웃는다. 눈을 보고 웃으면 내게 그들이 해코지할 이유가 없다.

먼지 풀풀 날리는 길거리가 평화로워 보인다. 마을 노인이 다가와 어디서 왔느냐고 묻는다. 코리아라고 하니, 대뜸 "노우스코리아?" 냐고. No, 사우스코리아라고 하니, 엄지손가락을 치켜들며 "free free freedom, 사우스코리아!" 그는 자유를 찾아온 사람이다. 이 거리 저 거리 한나절을 돌아도 아무도 제재하거나 방해하지 않는다. 나도 자유다.

큰 트럭들이 돌을 실어 올라간다. 논과 밭이 훤히 내려다보이는 높은 곳으로 나도 올라갔다. 언덕 위에 학교가 있다. 담장 위에서 보니 운동장에서 공놀이하던 아이들이 손을 흔들며 "헬로우~ 마담!" 예뻐서 핸드폰 카메라를 들이대니 운동장에서 공놀이 수업을 하던 남자 선생님이 들어오라고 손짓한다. 아~ 얼마나 반가운 말인가. 냉큼 들어가 이산가족 만난 듯 아이들 손을 잡으며 인사했다. 네팔 아이들의 미소는 순박하다. 무엇을 달라고 구걸하지 않는다. 별빛을 닮은 맑은 눈과 눈자위가 깊어 마음마저 빨려 들어간다. 선생님이 교실과 도서관 교무실을 보여준단다. 방마다 손으로 쓴 어설픈 팻말이 TV에서 봤던 장면들처럼 책 몇 권 칠판 하나 궁색하기 짝이 없다. 아이들이 졸졸 앞서거니 뒤서거니 따라다닌다. 어느 지점쯤에서 서로 밀치며 내 옆에 붙는다. 한 마디씩 영어로 말을 건다. 학교에서 배우는 공용어가 외국인에게 정말 통하는지 실험해 보는 중이다. 내 영어가 턱없이 짧다. 내 손과 내 다리 내 옷자락을 만지며 까르르까르르 웃는다.

교무실이라는 방에 들어가니 아낙네 서너 명이 꽃을 만지고 있다. 속닥속닥 꽃송이를 실에 꿰어 꽃목걸이를 만들어, 내 목에 걸어준다. 와우~! 예정에 없던 횡재다. 순간, '앗! 차차' 그 흔한 사탕이나 초콜릿 한 봉지도 준비하지 못했다. 그곳에 아낙들은 다 선생님들이다. 나의 상황을 이야기하니, 남편이 돌아오면 주라며 큰 꽃 몇 송이로 꽃다발을 만들어 준다. 둘러선 아이들은 손뼉 치고 여선생들이 마구, 마구 나를 껴안고 뽀뽀 세례다. 말보다 격한 직설화법이다. 정말로 미안하고 민망했다. 일천 루피짜리 지폐 2장을 멋쩍게 건넸다. 주황빛 메리골드 꽃은 "환영과 남은 여행의 안녕을 빈다."라는 그야말로 '나마스테이'를 상징하는 꽃이다. 수북하게 쌓인 꽃 더미 위에 돈을 올려놓더니, 꽃 고명 장식을 한다. 돈이 순식간에 천수국 만수국으로 성스럽다.

나의 카톡 : 오늘, 난민촌 학교 가서 한나절 잘 놀다 왔다.
아들 카톡 : 엄마, 그런데 가서 괜히 돈 주고 그러지 마세요.
나 : 아들, 걱정하지 마시오.
아들 : 그런 데서 돈 주고 그러면, 그쪽 애들 인생을 꼬이게 하는 거예요. 거지 근성으로 비굴하게 돈 벌려고 한다고요. 자기들 팔자대로 노력하며 살게 내버려 둬야 해요.

세상에서 공짜가 가장 비싸고, 무상복지가 게으름의 지름길이라는 것을 잘 안다. 마트에서 1+1도 마다하고, 정치인이 퍼주는 과잉 포퓔리슴에 현혹되지 않으려고 애쓰며 살아왔다. 하지만, 우리나라 어디에 가서 단돈 2만 원에 그만한 행복을 살 수 있을까. 설령, 어긋난 행위였더라도 비싼 점심 한 끼 먹었다고 여기니, 배가 든든해지며 기쁨이 차오른다. 이런 행복 누리려고, 오전 오후 때론 점심밥도 굶어가며 도서관마다 강의하러 다녔던 것이 아닌가. 집 떠나 길 위에 나서면

나 또한 표류하는 난민이다.

아직, 아들에게는 돈 줬단 말은 하지 못했다. 남편이 준 돈도 자식이 준 돈도 아니다. 2만 원의 행복! 거지 근성? 그날 내게는 "나마스테!" '길 위의 인문학'이었다.

그깟, 짐 따위

짐에 대한 변이다. 내 짝지의 배낭은 늘 2인분이다. 짐이 아무리 크고 무거워도 어깨 멜빵이 두 개뿐이니 함께 질 수가 없다. 지켜보는 마음만 불편하다.

나는 여권과 현금 소형카메라 핸드폰이 든 작은 어깨가방이 전부다. 어디를 가나 검색대를 통과해야 하는 인도印度. 남편이 배낭을 지고 내리고 다시 짊어질 때마다, 옆에 있는 사람들도 달려들어 거들어준다. 그러면서 '당신 힘이 대단하다'라는 뜻으로 엄지손가락을 치켜세운다. 남편이 비틀거리며 겨우 일어서면, 언제 어디서나 그들은 나를 쏘아본다. 여자나 남자나 국적 불명하고 한결같다. '에유~, 못된 것. 짐꾼을 저리 모질게 부리다니' 측은해하는 눈초리다.

델리 공항에서 뉴델리역으로 기차를 타러 가는 중이었다. 페스트푸드에서 만난 한국 유학생 가족이 우리 짐을 보더니,

그런 식으로 준비 없이는 대여섯 번은 고사하고 당장 인도에서 기차는 못 탄다고 한다. 굵은 체인으로 칭칭 감아 끄트머리에 쇠 자물통을 채워야 한다며, 채울 때 표정이 중요하단다. 우선 주위에서 바라보는 주변 사람들을 험악하게 둘러본 다음, 천천히 체인을 감고 자물쇠로 잠그며 "너희는, 절대 못 열어!" 하는 할리우드 액션을 하면, 감히 손을 못 댄다고 한다. 뭐 그럴까? 피식 웃으니, 몇 개 여분이 있다며 쇠 자물통 하나를 선물이라며 준다. 그런데 웃을 일이 아니다. 델리 기차 역사로 들어서니, 실제로 체인과 자물통을 온몸에 칭칭 매달고 판매하는 호객꾼이 즐비하다.

처음에 인도에 오기 전날까지 나는 각자 캐리어를 끌고 가자 했다. 남편은 계단과 언덕 흙길에서 캐리어 바퀴가 작동하지 못한다고 했다. 그랬다. 돌돌 살랑살랑 폼잡으며 은빛 캐리어를 끌고 다닐 상황이 아니다. 작은 담요만큼의 편편한 구석만 있어도, 반걸음 걸을 계단만큼의 폭만 있어도 사람들이 누워있다. 발 디딜 틈이 없다.

우리가 예약한 기차는 한 칸에 위아래 침대가 네 개가 있는 최고급 일등석 'A1' 실이다. 일반 배낭여행객들이 이용하는 20시간 앉고 서고 매달려가는 삼등석이 아니다. 그럼 '에이

원' 기차의 성능은 어떤가. 한의원에서 전신 마사지하는 기계처럼 밤새도록 온몸이 흔들리며 두들겨 맞는 기분이다. 앞 침대에 가족은, 남편은 엔지니어 부인은 학교 선생이며 아이는 초등생과 유치원생이다. 그들은 길거리의 담요나 사리를 뒤집어쓴 성자 같은 원주민 모습이 아니다. 부부 각자 컴퓨터와 핸드폰을 사용하고 있다. 내 남편이 핸드폰을 꺼내니 "오우~ 쌤성!" 엄지를 치켜세우며 일본인이냐고 묻는다. SAMSUNG 브랜드는 알아도 어느 나라 것인지는 또 모른다.

대국 기질이다. 자신의 나라가 우주의 중심인 줄 안다. 다른 나라의 문명에 기죽지 않는다. 한국을 중국의 소수 민족쯤으로 여긴다. 지도로 봐도 중국 밑에 겨우 매달려 있다. 관광지에서나 "코리아"라고 하면, 곧바로 "빨리빨리!"라고 반응한다.

콩글리시 힝글리시 보디랭귀지로 몇 시간 동안, 인도인 가족과 통성명하고 각자 준비한 간이 저녁까지 먹는다. 그들은 손 세정제를 칙칙 뿌린 다음 일회용 장갑을 꼈다.(2013년 '코비드19'가 유행하기 훨씬 전이다) 밀폐된 공간에서 외국인과 서너 시간 눈 마주치며 나누는 대화가 피곤하다. 아이 둘이 2층 침대로 올라가는데, 인도 아빠가 먼저 선수 친다. 의자 밑에서 큰 여행 가방을 꺼내더니, 별안간 자신의 가족과 우리 부부를 험하게 둘러본다. 그리고는 거칠게 가방을 체인으로 감는다. '어라!' 이 사람들이 우리를 경계하는구나! 여기니 갑자기 인도가 흥미진진해진다. "잠깐, 플리즈!" 나는 잽싸게 셔터를 눌렀다. 터지는 플래시 빛처럼 서로 환하게 웃었다. 소리까지 내며 암암리 "하하" 협정을 끝냈다.

짐, 내려놓자. 내 짐이 그들에게 무슨 큰 보탬이 되겠는가. 그깟, 짐 훔쳐다가 무슨 영화를 누릴 거라고 붙잡아 묶을까. 탐나면 가져가라. 배고픈 자에게 밥 한 끼 사지 못하고 인색하게 굴던 통장, 미울 때나 고울 때나 일심동체 하겠다고 지키지도 못할 약속으로 끼던 쌍가락지, 개도 안 물어갈 못난 자신을 비춰보는 금이 간 거울이거나, 남의 손 빌려 코 풀던 손수건 나부랭이다.

밤하늘의 별이 예쁜 라자스탄에 도착했다. 남편이 내게 "당신은 라자스탄의 왕족이 유럽방문을 마치고 방금 도착한 여인 중의 '여왕'"이라는 말씀을 하신다. 역시 나의 남편은 여자 보는 눈은 높다. 나를 집시여인이 아니라 여왕으로 격상시키는 기사다.

내가 언제 짐을 들어달라고 부탁을 했나, 떼를 썼나. 나에게 잘 보이고 싶어 스스로 호의를 베풀었다. 삶 또한 그렇다. 밤낮 남의 짐을 짊어지고 징징거린다. 다 끌어안고 힘에 부쳐 혼자 버둥거린다. 누구든 도움을 청할 때 도와주자. 내가 여태까지 너에게 어찌해줬는데,…, 그래, 맞다. 어찌해주었기에 서운하다. 서운한 마음은 사채와 같다. 점점 자란다.

인생의 여정旅程이란, 언제 어디로 어떻게 얼마나 더 가야 할지 모른다. 인도 여행은 환경이 열악하여 속눈썹도 무겁다. 그렇다. 길거리에 걸인들, 기차 지붕 위의 방랑객들, 일등석에서 체인을 감는 부호들. 우리는 서로 집도 절도 모르는 길 위의 사람들이다. 인도든 한국이든 도둑은 없다. 물질이든 정신이든 부주의만 있다. 무슨 짐이든지 적게 가지면 잃을 것도 적고, 아예 없으면 잃을 것마저 없을 것이다.

람사르의 꽃

'건강한 습지 건강한 인간'

3년마다 열리는 환경올림픽 '람사르총회'가 2008년 우리나라 창원 CECO에서 열렸다. 나는 중국어 자원봉사를 했다. 2007년에 자원봉사자 모집에 중국어시험 통과로 1년간 통·번역 어학연수도 받았다. 전국의 봉사자는 초등생부터 노인까지 600여 명이다. 국가의 큰 행사인지라 임기 말년인 노무현 대통령 내외분이 응원차 방문 격려하고, 1년 후 개막식에는 새 정부 이명박 대통령이 축사하러 왔다. 모든 일상과 사회활동을 중단하고 근 열흘 동안 합숙소로 들어갔다. 국제 행사에 처음인 나는 몹시 긴장했다.

콩고 학술발표자들과 사진을 찍었다. 컴퓨터 모니터로 사진을 확인하는 순간, 그 사람들의 얼굴이 없다. '왜 얼굴이 없지' 자세히 보니 하얀 이가 웃고 있다. 배경색에 묻혀 잠시 착시현상이다.

그날 밤, 도로의 자동차 앞에 흑인 여성이 쓰러져있다. 사람들은 무심코 지나쳤다. 아마 나처럼 어두운 배경색으로 보아내지 못했던 모양이다. 내 눈에 띈 여성의 지갑과 신분증 화장품 등이 젖은 수영복과 마구잡이로 섞였는데, 소지품 이름들이 중국어로 떠오른다. 그녀는 겁에 질린 눈빛으로 내게 뭔가를 호소한다.

나는 '노스피킹잉글리쉬'를 연발하며 그녀를 부축해 데려가는 데 도움을 줄 사람들이 안 보인다. 모두 어디를 간 것일까. 제 위치를 지키고 있지 않아 긴급 상황이 마비되었다. 애타는 나는 어딘가로 연락을 해야만 했고, 그녀는 한쪽 팔다리가 풀려 도저히 걷지를 못한다. 신체조건이 부실한 나지만 어쩔 수 없다. 그녀를 아이 젖먹이는 자세로 보듬어 안았다. 허리가 휘청했지만 '자원봉사자'란 자기 자신은 없어야 한다. 있는 힘을 다해 안고 절절매는데, 의료팀조차 연락이 안 된다. 그 흔한 휴대전화도 무전기를 든 요원들도 보이지 않았다.

어렵사리 빌린 핸드폰으로 연락을 하는데 '의료센터'란 말만 들리다 말다 끊긴다. 목이 터져라. 소리소리 질렀다. "UN 본부 나오세요" "UN…" 위급한 아가씨처럼 내 팔다리도 힘이 풀리며 곧 무너지려는 순간, 화들짝 잠에서 깨어났다.

땀으로 흠뻑 젖은 온몸이 아프다. 목소리도 나오지 않는다. 특히 그녀를 안고 있던 팔을 꼼짝할 수가 없다. 왕성하게 성장하는 초등생이라면 벼랑에서 떨어지는 꿈을 꾸거나 공중을 날아다니는 상상을 할 수도 있지만, 나는 지금 뭐 하는 짓인가.

미리 등록해 패스를 받은 당사국 사람들과 환경 관련 관계자들만 참석하는 회의였다. 어느 중년 시민이 막무가내다. "내가 우간다 람사르에도 참석했고, 스웨덴 람사르에도 참석했던 사람인데…." 우리나라에서만 못 들어가게 통제를 받는다며, 자국민을 푸대접하는 너희들 가만 놔두지 않겠다고 나에게 으름장을 놨다. 그 막무가내 시민과 꿈속에서 UN 본부를 찾던 나와 무엇이 다른가. 의욕에 불타는 과대망상증이다.

다음날 동료들이 긴급의료실에 가서 약을 받아왔다. 자기가 없으면 전쟁이라도 터지는 줄 알고, 지나친 사명감에 가위눌려가며 몸살이 난 처방 약이었다.

그곳에서 만난 어느 사람이 나에게 말했다. "그 연세에…", 연세까지 들먹일 건 뭐 있나. 객기를 낮추는 덕담이다. 그렇다. 선명한 주홍빛 봉사자의 제복을 입었지만, 나는 이미 건강한 습지의 여성이 아니다. 생리적인 아내나 생명을 품을 수 있는 어미의 촉촉한 습지는 메말랐다.

여성은 귀하다. 생명을 품는다. 깊고 습한 못에서 한 송이 연꽃을 피워내는 깊은 골짜기, '낮은 데로 임하소서' 곡신谷神이다. 곡신이 머무는 곳, 그곳 자궁은 여성의 상징이다. 신은 나의 생산능력을 잃게 한 대신 촉촉하고 깊은 눈길로 세상을 바라볼 시간을 마련해 주었다. '죽으면 썩어질 몸뚱이'다. 살아생전에 썩지 않도록 방부제 역할이라는 자원봉사를 배우는 중이다.

공항에서 셔틀버스에서 회의장에서 야외습지에서 숙소에서 손과 발이 되어, 일하는 사람들의 톱니바퀴가 굴러갈 수 있도록, 가장 낮은 자리, 가장 안 보이는 깊은 자리, 가장 먼저 부딪히는 방패로써 한 팀의 일원이 되었다. 열흘간 집을 비우고 자신에게 몰입할 수 있었던 시간이었다.

국제적인 행사에 투입되었던 나에게 사람들이 묻는다. 습지 관련 전문 통역이나 문서 번역을 했었느냐고. 봉사자들이

야말로 공식적인 일을 하는 해당국 인사들보다 더 큰 영향을 미칠 수 있는 민간 외교관들이다. 그들 곁으로 다가가서 그들이 업무를 원활하게 수행할 수 있도록 도움을 줘야 한다. 봉사자로서 만국의 언어를 구사했다. 내가 한 역할은 마주 보고 웃어 준 '미소'뿐이다.

그 후, 나는 무엇이 달라졌을까. 길거리, 엘리베이터 혹은 백화점이나 고속도로휴게소의 여자 화장실 앞 등. 장소를 가리지 않고 마주치는 이들에게 '뭘 도와 드릴까요' 눈빛으로 자동인형처럼 웃는다.

나의 작은 체구 작은 소견 작은 힘에 비해 국제적인 이름이 컸던 '물새 서식지로서 국제적 중요한 습지에 관한 협약' 람사르 협약을 나는 몸살로 마무리했다. 미약했지만 누군가를 위하여 피었던 습지의 한 송이 꽃, '람사르 꽃'이라고 이름 짓는다.

카톡 방

"카톡. 카톡. 카톡."

카카오톡이 날아온다. 아홉 명 방도 있고, 네 명 방도 있고, 스물네 명이 공유하는 회원방도 있다. 어느 학회는 100명 넘는 인원이 단체로 들어온다. 아~, 보고 싶지 않다. 다 무음으로 설정했다. 한참을 잊고 있어도, 소리 없는 글들이 1. 2. 3. 4. 읽지 않은 사람 숫자까지 점검하며 어서 보라고 다그친다.

4명의 식구도 바람 잘 날이 없는데, 쌍둥이도 어미 뱃속에서 한 공간이 갑갑하다는데, 24절기 바람이 다 분다. 대부분 훈풍이다. 훈풍은 꽃을 부른다.

아~, 나는 겁난다. 하얀 눈 속에 붉은 동백이 필까, 때 이르게 매화가 서둘러 필까, 아니면 산골짜기 양지바른 곳에 진달래도 남몰래 필까도 겁난다. 어찌, 혼자만 꽃씨를 품으려느냐. 산과 들, 계절마다 다 다른 빛깔과 모양이 있는데…. 이건 어디까지나 교양까지 없은 이성적인 정의다.

공지 이메일 시절이 그립다. 내가 원하는 시간과 공간에서 열어보고 답을 형편대로 하면 된다. 단체 카톡 방은 동시다발로 쏜다. "카톡" 소리와 함께 창이 열린다. 대부분 축하 꽃다발을 받을 소식이다.

그릇이 옹색하다. 담지도 쏟아내지도 못하면서 가슴 한쪽이 후끈 달아올랐다가 싸하게 가라앉는다. 과호흡 증후군이다. 일어서서 서성인다. 치졸한 이 역풍을 어떻게 다스릴까. 너 오늘도 열심히 살고 있잖아. 너 그동안 게으르지 않았잖아. 너는 "군자가 되고 싶다며?" 알고 보니 소인배네. 귀로 듣는 것이 순하다는 이순의 나이잖아. 오늘 본 것은 허상이야, 착시라고. 왜? 정말 봤는데. 네가 보고 싶은 대로 봤잖아. 순하게 새겨보고 순하게 새겨들으라고. 너는 이런 말 잘하더라. "축하는 1등으로" "위로는 꼴등으로" 소식이 창에 뜨자마자, 나는 네가 잘 되기를 아침저녁으로 기도했다는 듯이 1등으로 축사하라. 미적거리면 오해를 부른다.

행운과 불운이 교차한다. 그 사람이 춤추다가 다리가 부러졌거나, 무엇을 쌌거나 벽에 발랐거나, 이혼했거나 사별했을 때, 너의 불운을 내가 놓칠세라 쳐들어오면 너는 좋겠니? 알리고 싶지 않은 마음 뻔히 알면서 신문이나 방송에도 나지 않은 일을 기다린 듯 "얼마나 마음이 아프겠니. 나도 마음이 아프다." 그래, 정말 아프다면 당사자가 말할 수 있을 때까지 기다려주는 것이 위로가 아닐까.

별의별 생각으로 이리 재고 저리 재다가 들어가 보면, 나보다 손 빠르고 생각 빠른 이들이 줄줄이 기발한 새로운 이모티콘까지 곁들여 축하 메시지를 남겼다. 답 글의 속도가 인성의 잣대처럼 보인다. '아하~, 또 놓쳤다.' 마지못해 흔적을 남기게 되는 꼴이라니. 너와 나는 그저 그런 사이가 아니라는 사교성 인사. 이런 공청회 같은 카톡 방 기술은 도대체 누가 창안하였을까. 청문회장에 몰래카메라가 돌고 있는 느낌이다. 어느 단체 집행부는 피치 못해 참가하지 못하는 사연을 동영상으로 올리란다. 가혹한 포토라인이다. 공적인 공감을 공유하자는 뜻으로 초대되었겠으나 나는 아직 숨 쉬고 있는데… 언뜻, '공개처형'이라는 자막처럼 보인다. 내가 너무 비약했나. 슬며시 손 한 번 잡고, 슬며시 따듯한 국밥 한 사발 함께하는 축하와 위로가 갈수록 귀하다. 세상은 관중이 필요하다. 타인의 시선을 의식하는 교언영색巧言令色이다.

영국이 부럽다. 유럽연합에서 나갔다. 유로를 쓰지 않고 파운드를 쓴다. 역시 대영제국이다. 시도 때도 없이 SNS로 날아오는 우스갯소리, 세태의 의정활동, 동영상 등을 본다. 코드끼리, 라인끼리 人라인끼리 돈독하다. 누가, 누가 더 큰가? 코끼리와 코끼리가 싸우다가 서로 코가 부러져 남은 끼리끼리 문화다. 그렇다고 단체 카톡 방에서 '나가기' 버튼을 누를 용기가 나에겐 없다. 나는 아직 파운드의 가치에 버금가는 '인격'이 모자라기 때문이다. 이쯤에서 하고 싶은 대로 하는 '소요유'를 누리고 싶다. 카톡 방에서 다 함께 따뜻할까. 과연, 내가 원하는 것이 가상공간 안의 답글 체온일까.

몇 년 동안 내 근황이 온통 우환이다. 소통할 겨를이 없다. 나는 전화를 먼저 걸지 않는다. 그래서 어떻게 되었느냐고? 날이 가고, 달이 가고, 해가 바뀌어도 그나마 단체 카톡 방 말고는 문자나 전화해주는 사람도 드물다. '친구를 잃어버리는 가장 확실한 방법은 주도권을 상대에게 맡겨두는 것'이라는 말이 딱 맞다. 똬리 틀어 몸을 사리는 냉혈인간에게 누가 다가올까.

연예인 게이트도 아니건만, 무시로 날아온다. 모르쇠도 편안하지 않다. 그뿐인가. 즉시 답을 하라고 실명으로 출석까지 부른다. 그래도 차마 '나가기' 버튼은 누르지 못한다. '신독愼獨'을 화두로 삼고 독락당을 꿈꾸던 나, 나는 지금 '4721' 번호 안에서 독방수감 중이다.

모딜리아니

"오우~ 동서, 앉아있는 모습이 명화네."

책 한 권만 들면 〈독서하는 여인〉인데…. 그러나 사실 르누아르 풍의 금발이나 복숭앗빛 붉은 볼은 아니다. 오늘 동서의 모습은 무채색에 표정이 없다. 새벽부터 전을 부쳐 오느라 지친 모습이다. 느닷없는 나의 아부 발언에 "저는 모딜리아니죠"라고 한다. 맞다. 얼굴도 목도 허리도, 무엇보다 말의 여운이 길다.

"아~ 모딜리아니" 나는 스마트 폰을 열어 저장해 놓은 모딜리아니 그림 32장을 보여줬다. "내가 좋아하는 그림이야." 모딜리아니 그림 옆에 수첩을 든 여인의 사진을 한 장 더 보여줬다. 인증사진이다. 제사 시간이 다가오는 막간의 기억 스케치다.

파리 근대 미술관, 그 방에 들어서자 '엇! 이게 뭐야?' '모딜리아니(1884~1920) 〈푸른 눈의 여인〉'이 그곳에 있다. 텅 빈 푸른 눈이다. 모딜리아니의 그림은 선만으로도 이미지가 충분하다.

모딜리아니 그는 부르주아 청년으로 진정한 보헤미안이었다. 그의 삶은 항상 끓어 넘쳤다. 그러나 작품은 외려 고요하다. 애수와 관능적인 아름다움, 슬픔이 배인 듯 단순하면서도 세련된 모가지가 길어 슬픈 짐승처럼 푸른 눈의 여인들을 그렸다. 관능 차가움 비장함에 긴 목 긴 얼굴. 공허함을 꿈꾸는 듯 나를 바라보는 그 눈길을 어찌 마다할 수 있을까.

큐레이터가 자꾸 쳐다본다. 나를 향해 경고의 눈총을 쏜다. 감정 마찰이다. 한 바퀴 돌아 또 그 방으로 갔다. 그러고도 서너 번은 더 갔다. 무엇을 따지러 간 것은 아니다. 말도 통하지 않으니 설명할 수도 변명할 수도 없다. 나는 다만 푸른 눈빛과 교감하고 싶었을 뿐이다.

일부러 약을 올린다고 생각했는지 씩씩거린다. 지금 나는 '행복 중'이다. 파리에 온 보람이다. 그녀를 무시했다. 내가 언제 다시 그 작품 앞에 설까. 그저 감개무량하다. 더구나 루브르나 오르세 미술관처럼 인파에 떠밀려 줄을 서서 보지 않아도 된다. 그녀의 머리 모양을 감상할 겨를이 없다.

나는 여태 무엇을 했을까. 자신을 뒤돌아본다. 박물관이나 미술관 또는 거리를 다니면서 진작 '스케치'를 배웠으면 좀 좋았을까. 애꿎은 내 손가락만 꾹꾹 눌러본다. 천천히 음미하며 이미지를 그려내고 싶다.

중학교 미술 교과서에서 목이 긴 '푸른 눈의 여인'을 만났었다. 바로 미술반에 들어갔다. 미술반 아이들은 나와 다르다. 단발머리 귀밑 2cm. 양 갈래 묶음 머리 5cm. 두 번 땋고 묶은 3cm의 규정도 없다. 등 뒤로 땋은 머리가 허리춤까지 찰랑거려도 교칙에 걸리지 않는다. 긴 머리의 사립초등학교 출신 친구들이 부러워서 미술반에 든 것은 정말 아니다. 오로지 모딜리아니의 그림 한 컷이 나를 불렀다.

일주일에 한 번, 석고상을 앞에 놓고 4B연필로 비율을 맞춰가며 스케치를 하였을까. 밑그림이 말갛게 보이도록 연둣빛 나뭇잎을 수채화 물감으로 칠하였을까. 어림없다. 그림물감도 없이 미술반에 들어온 멍청이 친구가 또 있었는지, 그 아이와 나는 양동이를 들고 다녔다. 아이들 사이를 왔다 갔다 하며 팔레트와 붓 씻을 물을 공수하는 미술반 도우미 역할이다. 그 양동이를 든 소녀 시절의 꿈이 미술관 안에 걸려있는데, 어찌 건성으로 지나칠 수 있을까. 사춘기 시절, 올려다보던 화실 불빛 보다 끌림이 강하다. 한번 보고 지나갔는데 또 뒤에서 잡아당기고, 옆방으로 갔는데 "나만 놔두고 갈 거야?" 라며 따라 나온다.

팔레트에 유화물감을 짜 놓은 듯, 공작새의 뒷날개 같은 오색찬란한 레게 스타일의 큐레이터가 다가온다. 어라! 험한 표정까지 짓는다. "왜?" 내가 저에게 춘풍을 보냈나, 추파를 던졌나. 머리 빛깔이 예술인 것은 맞다. 그러나 내 취향은 아니다. 나는 내 옷차림처럼 흑백의 선만으로도 충분하다. 그녀의 빛깔을 닮은 총천연색의 화려함은 관심이 없다. 나도 같이 맞섰다. 여기는 프랑스 파리, "농!" 너 아니고, "모딜리아니!" 모딜리아니라고 외쳤다. 큐레이터가 오해할만하다. 내가 마음 상할 이유가 없다. '미안! 큐레이터' '아듀~, 모딜리아니' 모딜리아니 그림만 사진에 담아왔다.

제삿날만 되면, 부뚜막 앞에서 딱! 한 사람만 잡는 서슬 퍼런 분위기. 동서 시집살이는 오뉴월에도 서릿발이 친다고 했던가. 그러려니, 그래야지, 그러라 그래, 그럴 수 있어. 자신을 다독이며 다짐의 다짐을 하며 손윗동서가 시키는 대로 한다. 배알도 없다. 어찌, 그리 40여 년이 한결같을까. 매번 맞닥뜨릴 때마다 괜찮지는 않지만, 괜찮아지고 싶고, 괜찮아지려고 안간힘을 쓴다. 빨강머리 앤이 “누군가를 미워하고 싶다면 거울을 보라”고 말한다. 상대는 결국, 못난 내 모습이다.

‘안녕? 안녕아’ 오늘처럼, 우리 영혼이 궁핍한 날이더라도 “초록은 동색, 동색으로 힘내자!” 훗날 목이 길어 슬픈 기다림일지라도 서로 공허한 시선을 알아주던 동서 사이이기를! ‘색즉시공, 공즉시색’ 모딜리아니의 눈빛을 터치한다.

거울

아침이 맑다. 세수하고 머리 손질까지 5분이면 끝난다.

어느 분께서 손을 들고 말씀하신다. “여자는 화장이 예의”라고. 나는 멋쩍게 웃으며 눈으로 보이지 않아 그렇지, “마음의 옷깃을 단디 여미고 왔다”라고 대답했다. 누구를 위한 화장일까.

신문을 펼친다. 큰 제목부터 훑는다. 어제저녁 TV 뉴스에 나왔던 내용과 비슷하다. 작은 박스 기사나 사람 사는 이야기를 읽다가 밑줄까지 긋는다. 어느 순간 마음을 환하게 하는 내용이 있으면 오려둔다. 신문은 우리 사회를 비춰주는 거울이다. 오린 기사를 손가방 안에 넣는다. 오늘의 손거울은 신문쪼가리다.

맨 꼭대기 층에 산다. 다른 사람들이 엘리베이터를 타기 전까지 거울은 온통 내 차지, 신분증 사진을 찍는 자세로 반

듯하게 바라본다. 오로지 단정한가에만 초점을 맞춘다. 아침마다 면접시험처럼 경직된다.

처음 면접시험을 보러 가던 날, 나는 손만 다듬었다. 담임 선생님이 "너는 손이 참 곱구나"라며 추천해주셨기에, 손톱을 짧게 깎고 글리세린으로 손 마사지를 했었다. 일은 손이 하는 것이다. 그 손으로 오랜 기간 서류를 만지고 작성했다. 손은 그 사람을 나타내주는 또 다른 얼굴이다. 늘 내 손이 정직하기를 바라는 마음으로 거울에 손을 비춰보는 버릇이 있다.

지하철 안에서 창에 비치는 나를 바라본다. 옆에 나란히 앉은 이들, 마주 앉아 내 쪽을 바라보는 시선에서 자세를 바르게 편다. 자리를 너무 많이 차지하고 어깨를 늘어뜨린 채 졸았거나 신발을 살짝 벗지는 않았었는지, 대형스크린이다. 나는 어느 배역으로 이 화면 속에 들어 있을까. 매무새가 성실한 쪽으로 보이기를 바란다.

강의는 성실함만 가지고는 안 된다. 성실함은 도덕 교과서 같아 하품이 부르면 금방 속 눈썹이 내려온다. 계절의 색조도 넣고 때론 허세와 주책도 부린다. 다행인 것은 나는 사람들 앞에만 서면 신바람이 난다. 일단 발동이 걸리면 신들린 듯

빙의한다. 그 순간은 씻김굿을 하는 무당이다. 앞에 계신 분들의 장난기 다분한 눈빛과 설사처럼 터지는 웃음에서 나를 비춰본다. 수강자들의 반응이 곧 강사의 거울이다.

거울이 늘 환하기만 한 줄 알았다. 계절이 짓누른다. 봄꽃의 향연도 무더위도 낙엽도 눈보라도 계절이 바뀌는 사시의 운행일 뿐인데, 괜스레 심통이 차오른다. 맞다, 답답한 여자다. 고리타분하고 융통성이 없다. 문명의 편리함도 누릴 줄 모른다. 옆길로 새는 꼼수를 부릴 줄 모르니, 날마다 발로 뛰고 땀 흘린 만큼의 대가만 바란다. 보람도 가치도 그 안에서 만족하는 것이 꿈이라고, 꿈답지 못한 꿈 설을 푼다.

돌아와 거울 앞에 섰다. 손을 씻으며 무심결에 거울을 보다가 멈칫했다. 낯설다. 퀭한 눈, 튀어나온 입, 입꼬리는 처져있다. 지치고 풀어진 모습, 웃음도 희망도 없어 보이는 초췌한 여인이 나를 빤히 쳐다본다.

종일 종종 걸음 치던 내 모습이다. 거울 속의 내 얼굴은 마치 밥을 먹고 난 뒤의 식탁 위와 같다. 발려놓은 생선 가시, 흘린 국물, 음식 찌꺼기들의 얼룩이 접시에 질펀하다. 누군가. 누가 나를 이 지경에 이르게 했는가. 이 꼴로 보고 듣고 무엇을 말했는가. 내면은 들여다보지 않고 외부 시선에만 주시했었다. 나를 좀 만나봐야겠다. 도대체 너는 누구냐? 왜 이렇게 사느냐고, 거울에 물을 확! 끼얹는다. 5분이면 끝나는 화장처럼, 마음도 단순해지기를!

윗글은 20여 년 전, 등단하기 전의 미발표 글이다. 그동안 나는 무엇이 달라졌을까. 최근에 어느 잡지사에서 '추억의 사진 한 장'이라는 코너를 청탁받았다. 그곳에 〈거꾸로 캠퍼스〉라는 글과 함께, 상고머리에 입을 한일자로 굳게 다문 분실초등학교 4학년 때 사진을 보냈다. 독자들 리뷰 중 "성형수술?" 의혹을 받았다. 어찌 알았을까. 딱, 걸렸다. 메스를 대지 않았을 뿐, 아무리 아닌척해도 '본판 불변의 법칙'이라는 것이 있다. 어려서부터 나는 어느 감정도 드러내지 못했다. 밤마다 한 이불을 덮고 자는 엄마가 나를 껴안고 울었기에 웃지 못하고 자랐다. 대가족의 어른들 앞에서 늘 감정을 절제했다. 당시의 무표정이 흑백사진 안에 고스란히 찍혔다.

글을 쓰면서 짓눌렸던 감정을 펜으로 성형했다. 쓸 때마다 감성의 세포들이 활발하게 응원했다. 응원의 화답으로 나는 환하게 잘 웃는 푼수가 되었다. 울화의 속 좁고 딱딱한 글맥 경화를 펜이 소통시켰다. '자신'에서 '자존'으로 도약했다. 어제보다 나은 나, 나는 점점 '업글인간'이 되어간다고 셀프 위로를 한다. 간혹 "젊어서는 예뻤겠다."라는 말을 들을 때가 있다. 그분들은 나의 소싯적을 전혀 모르고 하는 말씀이시다. 나는 언제나 지금이 가장 예쁘다. 현재 잘살고 못살고의 차이는 '웃음 차이' 수필은 내게 거울이다.

아름다운

개조심

류창희 지음